我的第一本
西班牙語文法

大家好，我是西班牙語老師 Silvia 田。

雖然我教西班牙語並不是為了寫書，但現在編寫西班牙語書也成為我的一部分了。透過教學並接觸許多優秀的學習者們，我也學到許多，並且將這持續累積的學習過程化為我第二本著作的準備基礎。

我希望能夠減輕「文法」這個詞帶來的心理負擔，並且將實際教學中發現學習者感受到的困難減少，和大家分享更有趣、更容易的西班牙語文法學習法。

本書分為 Paso 1、2、3 三個階段，讓讀者很容易就能找到想學習的內容，而且附有動詞變化表和各種資料，希望能幫助眾多想要學習西班牙語的人。

因為有認真聽課、一起努力的各位學習者，這本書才能完成，這一點我絕對不會忘記。我也一定會用更好的資訊、更充實的內容和大家再次見面。

Silvia 田

「從字母基礎開始,到中高級程度的文法,分三個 PASO 學習所有常用文法」

- PASO 1:從字母到基礎文法階段,以及名詞、形容詞等西班牙語基本要素構成的重要單元
- PASO 2:從數字到必須一併記住的各種名詞、介系詞等
  學習句子其他重要成分的第二階段學習
- PASO 3:從基本動詞到虛擬式,區分各種動詞,並提供讓記憶變簡單的説明
  透過適當的例句進行綜合動詞學習

用任何人都能容易且快速了解的方式,説明西班牙文法用語和最困難的動詞變化,並且收錄實用會話和多樣的例句。

收錄內容龐大的西班牙語動詞變化表(正文部分出現的動詞變化表都收錄在朗讀音檔中,可以邊聽 MP3 邊記)

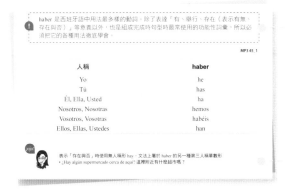

將單元內的重要事項整理成
一看就懂的學習重點

注意事項、例外、和英文的差異、中南美的表達方式等等，只有 Silvia 老師會告訴你的 ¡ojo!

一目瞭然！幫助理解的表格，用插圖進行圖像式學習，熟悉西班牙語字彙和實用的表達方式

每個單元的所有例句和動詞變化表，都請母語人士錄製朗讀音檔，特別重要的動詞變化表則唸兩次。

附錄

〈西班牙語祕笈〉收錄西班牙語主要打招呼用語、數字讀法、助動詞、主要動詞比較等精選內容的「西班牙語迷你講座」，是市面上找不到的超級珍貴資料！並且收錄包含動詞變化、主要不規則動詞的「Señor Santiago 的西班牙語動詞記憶祕訣」。此外，還有方便隨時複習、一眼就可以了解動詞時態的「陳述式時態總整理」。

部落格

作者經營的部落格（blog.naver.com/silviaspanish），提供作者數十年的教學相關資料，以及與本書相關的可用內容。（編註：網站僅提供韓語版本）

目錄

PASO 1

MP3 01

字母	字母名（分兩欄時，右欄為發音情況分類或解說）		單字
a	a		amigo 朋友　alto 高的 amor 愛
b	be		boca 嘴巴　bajo 矮的 blanco 白的
c	ce	ca, co, cu	casa 家　cocina 廚房 cuerpo 身體
		ce, ci	cerveza 啤酒　cine 電影院 centro 中心
ch	che		chocolate 巧克力　Chile 智利
d	de		ciudad 城市　universidad 大學 dos 二　domingo 星期日 deseo 希望
e	e		elefante 大象 estado 狀態，身分
f	efe		fábrica 工廠　fiesta 派對
g	ge	ga, go, gu	gato 貓　agua 水 goma 橡皮擦
		ge, gi	gente 人們　gigante 巨人 general 一般的
		gue, gui	guerra 戰爭　guitarra 吉他
		güe, güi	vergüenza 羞愧 lingüístico 語言學的
h	hache		hoy 今天　hotel 飯店 hospital 醫院
i	i		idea 想法　iglesia 教會 igual 同樣的
j	jota		jueves 星期四　joya 寶石 joven 年輕的
k	ka		kilómetro 公里
l	ele		lápiz 鉛筆　lunes 星期一 luna 月亮

ll	elle		llave 鑰匙　　lluvia 雨 amarillo 黃色的 *依照地區的不同，ll 的發音也有可能是摩擦音，發音的不同並不會影響對意義的理解
m	eme		mano 手　　martes 星期二 mujer 女人
n	ene	n + c, g, j, q → 發 [ŋ] 音	blanco 白色的　　sangre 血 tanque 坦克車　　naranja 柳橙
		n + m, p, v → 發 [m] 音	conmigo 和我一起　　un paseo 一次散步 un beso 一個吻　　convoy 護送，護衛
ñ	eñe		mañana 明天　　niño 小孩 compañero 同事
o	o		oso 熊　　ocho 八　　orden 順序
p	pe		problema 問題　　pescado 魚 positivo 積極的
q	cu	只有 que, qui 兩種用法	qué 什麼　　queso 乳酪 máquina 機械
r, rr	ere, erre	在字首或 l, n, s 後面時 r 發音與 rr 同為彈舌音	rosa 玫瑰　　alrededor 周圍 sonrisa 微笑
		rr 只出現在單字中間	arriba 向上　　perro 狗 guitarra 吉他
s	ese		sábado 星期六　　sí 是的 suave 柔軟的
t	te		tango 探戈　　talento 才能，天分
u	u		usted 您　　uno 一　　uña 指甲
v	uve		Venezuela 委內瑞拉　　vaso 杯子
w	uvedoble		Washington 華盛頓
x	equis	通常在母音前發音為 [ks]，在字首或子音前為 [s]	examen 考試　　extranjero 外國人
		在某些地名或專有名詞中發音為 [x]（類似北京腔的 ㄏ）	Texas 德州　　México 墨西哥

11

y	發音為 i（半母音）， 字母名為 ye 或 i griega	yo 我	rey 國王
z	zeta	zapato 鞋	zorro 狐狸

PASO.1 O2 音節與音節劃分

01 母音：a, e, i, o, u

強母音	弱母音
a, e, o	i, u

02 雙母音（視為一個母音） MP3 02

強母音 + 弱母音	aire 空氣 autobús 公車 reina 皇后
弱母音 + 強母音	comedia 喜劇 viento 風 periódico 報紙 cuarto 房間 agua 水
弱母音 + 弱母音	ciudad 城市 distribuir 分配

三重母音：iai, iei, uai, uei

子音連綴：bl, br, cl, cr, dr, fl, fr, gl, gr, pl, pr, tr

「強母音 + 強母音」視為各自獨立的母音。（例：aeropuerto 機場）

ciudad

autobús

reina

periódico

agua

PASO.1
03 重音

以 a, e, i, o, u, n, s 結尾的單字	重音在倒數第二個母音 mesa 桌子　niña 女孩　viernes 星期五 zapato 鞋　casa 家　bolso 包包
以其他非母音字母結尾的單字	重音在最後一個母音 mujer 女人　pared 牆壁　amar 愛（動詞） reloj 時鐘　universidad 大學　ciudad 城市
其他不規則情形	以重音符號（acento）標示 cafetería 咖啡店　café 咖啡　simpático 親切的

¡ojo!

1. 重音在雙母音時，其中的強母音發重音，如果都是弱母音的話則在後面的弱母音發重音。
2. 以往習慣省略大寫字母上的重音符號，但近來在大寫字母也標示重音符號的情形較多。

名詞的性

 01 依照實際性別區分的人物、動物名詞　　MP3 04_1

Masculino (el)

Femenino (la)

Masculino (el)	Femenino (la)
el hombre 男人	la mujer 女人
el marido 丈夫	la esposa 妻子
el padre 父親	la madre 母親
el niño 男孩	la niña 女孩
el dueño 男主人	la dueña 女主人
el rey 國王	la reina 皇后
el actor 男演員	la actriz 女演員
el león 公獅	la leona 母獅
el caballo 公馬	la yegua 母馬
el toro(buey) 公牛	la vaca 母牛

 02 以 r 結尾的陽性名詞加 a 形成陰性名詞的情況　　MP3 04_2

Masculino (el)

Femenino (la)

Masculino (el)	Femenino (la)
el profesor 男老師	la profesora 女老師
el señor 先生	la señora 女士

 03 以 o 結尾的陽性名詞，將字尾 o 變成 a 形成陰性名詞的情況　　MP3 04_3

Masculino (el)

Femenino (la)

Masculino (el)	Femenino (la)
el esposo 丈夫	la esposa 妻子
el hijo 兒子	la hija 女兒
el gato 公貓	la gata 母貓
el perro 公狗	la perra 母狗

04 依字尾分為陽性或陰性的名詞　MP3 04_4

Masculino (el)	Femenino (la)
libro 書　papel 紙　país 國家 reloj 時鐘　coche 車　jardín 花園	casa 家　ciudad 城市 luz 光　estación 車站

05 性區分不適用一般規則的單字　MP3 04_5

Masculino (el)			Femenino (la)		
día 日子	mapa 地圖	arroz 米	mano 手	foto 照片	flor 花
lápiz 鉛筆	pie 腳	sofá 沙發	tarde 下午	noche 夜晚	calle 街道
maíz 玉米	idioma 語言	clima 天氣	clase 一堂課	carne 肉	nieve 雪
tema 主題	sistema 系統		nube 雲	suerte 運氣	gente 人們
drama 戲劇	poema 詩		llave 鑰匙	leche 牛奶	sal 鹽
césped 草地	huésped 賓客		razón 理由	parte 部分	ley 法律
programa 節目	problema 問題		sangre 血	crisis 危機	tesis 論文
			región 地區	opinión 意見	fe 信念
			labor 勞動	cárcel 監獄	muerte 死亡

06 單數時用陽性冠詞，複數時用陰性冠詞的單字　MP3 04_6

單數	複數
el ave 鳥	las aves
el águila 老鷹	las águilas
el hacha 斧頭	las hachas
el agua 水	las aguas

這些名詞其實是陰性，但因為字首發音上的理由，所以單數時使用陽性冠詞。請注意修飾這些名詞的形容詞要使用陰性形式。
- El ave es blanca. (Las aves son blancas.) 那隻鳥是白色的。（那些鳥是白色的。）
- El agua está fría. 水是冷的。

07 陰陽性形式相同的名詞 　MP3 04_7

(el / la)

pianista 鋼琴家	artista 藝術家	dentista 牙醫
poeta 詩人	estudiante 學生	turista 觀光客
cliente 顧客	joven 年輕人	paciente 患者
testigo 證人	patriota 愛國者	mar 海

 08 不同的性有不同意義的名詞 　MP3 04_8

Masculino (el)	**Femenino (la)**
el capital 資本	la capital 首都
el pez 魚	la pez 松脂
el orden 順序，秩序	la orden 命令，訂單
el radio 半徑	la radio 廣播
el frente 正面	la frente 額頭

PASO.1

17

名詞的數

MP3 05

單數形	變成複數時	例子
以母音（a, e, i, o, u）結尾的單字	+ s	casa 家 → casas
以子音結尾的單字	+ es	papel 紙 → papeles
以 z 結尾的單字	去掉 z，+ ces	lápiz 鉛筆 → lápices
以 c 結尾的單字	去掉 c，+ ques	bistec 牛排 → bisteques
以有重音的 í, ú 結尾的單字	直接 + es	marroquí 摩洛哥人 → marroquíes
以有重音的 é, ó 結尾的單字	直接 + s	café 咖啡 → cafés dominó 骨牌 → dominós
外來語中以 á 結尾的單字	直接 + s	mamá 媽媽 → mamás sofá 沙發 → sofás
單複數同形的名詞	定冠詞用複數形	el lunes 星期一 → los lunes el paraguas 雨傘 → los paraguas la crisis 危機 → las crisis
通常是複數的名詞		los anteojos 眼鏡（中南美） las gafas 眼鏡 las vacaciones 假期 los pantalones 褲子
單數變成複數時去掉重音標記的單字		jardín 花園 → jardines estación 車站 → estaciones
單數變成複數時加上重音標記的單字		examen 考試 → exámenes orden 順序 → órdenes

▶ *anteojos*
（*ante*〔前面〕+ *ojos*〔眼睛〕＝眼睛前面的東西）

PASO.1 06 定冠詞與不定冠詞

artículo determinado e indeterminado

區分	單數	複數
M (el)	el	los
F (la)	la	las

¡ojo!

1. 定冠詞 el 和介系詞 de 連用時會變成 del：**de + el = del**

• Entrada del metro
 地下鐵入口

• Plato del día
 今日菜色（一道菜）

2. 定冠詞 el 和介系詞 a 連用時會變成 al：**a + el = al**
 • Voy al baño 我去廁所（或浴室）
 • Al fin 最後，終於

01 什麼時候使用定冠詞？　　MP3 06_1

情況	例句
① 用於主詞	La casa es blanca. 房子是白色的。
② 尊稱的前面	El señor Juan está en España. 胡安先生在西班牙。
③ 身體部位	Me lavo la cara. 我洗臉。
④ 表達時刻（一律用 la, las）	Son las 7(siete) de la mañana. 現在是早上 7 點。
⑤ 星期幾（一律用 el）	Tengo examen el viernes. 星期五有考試。
⑥ tocar + 冠詞 + 樂器	Ella toca el piano. 她彈鋼琴。 （樂器一定要使用冠詞）
⑦ 海、天空、河流	el mar 海　　el cielo 天空 el río 河流　　el río Han 漢江
⑧ 唯一的東西	El padre de María es profesor. 瑪麗亞的父親是老師。 ¿Quién es el presidente de Corea? 韓國的總統是誰？
⑨ 飯店、美術館、大學等等的名稱	El hotel Hyatt está en Itaewon. 凱悅飯店在梨泰院。

⑩ 反覆的情況	Los lunes tengo mucho trabajo. 我每星期一都有很多工作。
⑪ 某個日期	El 9(nueve) de diciembre es el cumpleaños de Minjoo. 12 月 9 日是敏珠的生日。
⑫ por + 冠詞 + 上午/下午/晚上	por la mañana 在上午　　por la tarde 在下午 por la noche 在晚上
⑬ ir + a + 冠詞 + 場所 （但自己的家不用冠詞）	Voy a la iglesia. 我去教堂。 Voy al cine con mi amigo. 我和我朋友去電影院。
⑭ estar + en + 冠詞 + 場所 （但自己的家不用冠詞）	Estoy en el cine. 我在電影院。 Estoy en la oficina. 我在辦公室。
⑮ venir + de + 冠詞 + 場所 （但自己的家不用冠詞）	Vengo del colegio. 我從學校過來。 Venimos del aeropuerto. 我們從機場過來。
⑯ jugar + a + 冠詞 + 運動名稱 （在中南美也可以不加冠詞）	Juego al fútbol. 我踢足球。
⑰ 像 gustar 一樣會倒裝句型的動詞，後面的名詞都加定冠詞	A mí me gusta la música. 我喜歡音樂。
⑱ 其他一定要加定冠詞的單字	la televisión 電視　　la radio 廣播 la noticia 新聞

02 不使用冠詞的情況　MP3 06_2

①	「今天是星期幾」	Hoy es lunes. 今天是星期一。
②	「今天是幾月幾號」	Hoy es 5(cinco) de abril. 今天是 4 月 5 日。
③	「某人是某個職業」	Soy estudiante. 我是學生。
④	表示不可數的意思時	Quiero tomar café. 我想喝咖啡。
⑤	城市名稱	Deseo vivir en París. 我想住在巴黎。
⑥	hablar/estudiar/aprender + 語言	Hablo español. 我說西班牙語。 Estudio coreano. 我學韓語。 Aprendemos italiano. 我們學義大利語。 * 例外：如果動詞後有其他成分則可以使用 • Hablo muy bien (el) coreano. 我韓語說得很好。
⑦	今天、昨天、明天、後天	ayer 昨天　　hoy 今天 mañana 明天　　pasado mañana 後天 *la mañana 上午，mañana por la mañana 明天上午

03 不定冠詞　MP3 06_3

區分	單數		複數	
M (el)	un un libro	一個，某個	unos unos libros	一些，某些
F (la)	una una casa		unas unas casas	

04 **不定冠詞的省略**

ser 的補語是表示職業、身分、國籍的名詞時

▶ Soy maestro.
　我是老師。

▶ Ella es coreana.
　她是韓國人。

不過，如果職業、國籍被形容詞修飾的話，就會使用不定冠詞。
• Yo soy un estudiante inteligente. 我是個聰明的學生。
• Ella es una coreana simpática. 她是個親切的韓國人。

adjetivo

07 PASO.1 形容詞

PASO.1

01 位置：限定形容詞（指示、所有、數、疑問、否定）+ 名詞 + 性質形容詞　MP3 07_1

 M F

	M	F
限定形容詞：用在名詞前面	<u>muchos</u> hombres altos 許多高的男人	<u>2(dos)</u> casas blancas 兩棟白色的房子
性質形容詞：用在名詞後面	este hombre <u>interesante</u> 這個有趣的男人	casa <u>bonita</u> 漂亮的房子

02 依照形容詞的字尾分類　MP3 07_2

		M	F
以 o, a 結尾的形容詞和國名形容詞，與名詞的性、數一致	單數	el hombre coreano 韓國男人 el libro nuevo 新的書	la mujer coreana 韓國女人 la casa blanca 白色的房子
	複數	los hombres coreanos los libros nuevos	las mujeres coreanas las casas blancas
非 o 結尾的形容詞，只需要和名詞的數一致（但國名形容詞仍有性一致性）	單數	el hombre español 西班牙男人 el hombre feliz 幸福的男人	la mujer española 西班牙女人 la niña alegre 快樂的女孩
	複數	los hombres españoles los hombres felices	las mujeres españolas las niñas alegres

03 用在陽性名詞單數前面時，字尾 o 會脫落的形容詞　MP3 07_3

: uno, bueno, malo, primero, tercero, postrero, alguno, ninguno

*對於陰性名詞則必須改變字尾，和名詞的性一致

 M F

M	F
un alumno 一個（某個）男學生	una alumna 一個（某個）女學生
un buen muchacho 好的少年	una buena muchacha 好的少女
un mal alumno 壞的男學生	una mala alumna 壞的女學生
el primer piso (= el piso primero) 一樓	la primera clase 第一堂課，第一間教室
el tercer libro 第三本書	la tercera mujer 第三個女人
algún día 某一天	alguna casa 某間房子
ningún libro 沒有一本書	ninguna casa 沒有一間房子

04 「grande」在任何單數名詞前面都是「gran」 MP3 07_4

	 M	F
單數	gran hombre	gran mujer
複數	grandes hombres	grandes mujeres

 05 「santo」用在男性名稱前面時去掉「to」
（除了字首是 Do、To 的名稱以外）

Santo + 男性名稱	San Juan San Francisco San Martín San Pedro
字首是 Do-, To- 的名稱，女性名稱	Santo Domingo Santo Tomás Santa María

 06 依照前後位置而有不同意義的形容詞

: grande, pobre, mismo（同樣的／本身）, cierto（某個／確定的）, antiguo（以前的／舊的）

前置	後置
el gran hombre 偉大的人	el hombre grande 身材高大的人
el pobre hombre 可憐的人	el hombre pobre 貧窮的人

 07 ser + 形容詞：主詞的性質

ser + 形容詞：主詞的性質 estar + 形容詞 / p.p.：主詞的狀態 → 與主詞的性、數一致	Silvia es buena, simpática y alta. 席維雅人很好、很親切，而且身高很高。 Ella está contenta. 她很滿足（滿意）。 Estoy feliz. 我很幸福。

▶ *Estoy feliz.*

08 人稱代名詞

01 人稱代名詞 MP3 08_1

人稱	單數	複數
第一人稱	yo 我	nosotros(as) 我們
第二人稱	tú 你	vosotros(as) 你們
第三人稱	él, ella, usted 他、她、您	ellos, ellas, ustedes 他們、她們、您們

¡ojo!

· 尊稱對方時，使用第三人稱的 usted, ustedes
· 中南美一些國家的人稱說法不同，如箭頭後所示：tú → vos, vosotros → ustedes
· 尊稱可以縮寫如下：Usted = Ud. / Ustedes = Uds.

02 什麼時候經常會說出主格人稱代名詞？ MP3 08_2

問對方意見的時候	¿Y tú? 那你呢？ ¿Y Ud.? 那您呢？
表達「我…」的時候	Soy yo. 是我。 Hago yo. 我來做。 Te invito yo. 我請客。

*通常用在動詞後面，不然就是省略

▶ *Soy yo.*

▶ *Te invito yo.*

國名與國名形容詞

MP3 09-1

國名	~es de Corea. …來自韓國 / es coreano(a) …是韓國人
形容詞/名詞（男性）	（以韓國為例） 形容詞：Juan es coreano. 胡安是韓國（男）人。 名詞（人）①：El coreano es muy guapo. 那個韓國（男）人很帥。 名詞（語言）②：El coreano es muy difícil. 韓語很難。
形容詞/名詞（女性）	形容詞：Minjoo es coreana. 敏珠是韓國（女）人。 名詞：La coreana es muy guapa. 那個韓國（女）人很美。

 ¡ojo!

除了國家名稱以外，西班牙語表達國籍、語言時會用小寫（和英語不同）

01 國家名稱和形容詞   MP3 09_2

 例) 國名：España 西班牙
español 形容詞陽性 / española 形容詞陰性

Alemania 德國
alemán / alemana

Arabia 阿拉伯
árabe*
*陰陽性同形

(la) Argentina 阿根廷
argentino / argentina

Bélgica 比利時
belga*

Bolivia 玻利維亞
boliviano / boliviana

(el) Brasil 巴西
brasileño / brasileña

(el) Canadá 加拿大
canadiense*

Chile 智利
chileno / chilena

China 中國
chino / china

Colombia 哥倫比亞
colombiano / colombiana

Corea 韓國
coreano / coreana

Costa Rica 哥斯大黎加
costarricense* (tico / tica)

Cuba 古巴
cubano / cubana

(el) Ecuador 厄瓜多
ecuatoriano / ecuatoriana

Egipto 埃及
egipcio / egipcia

(los) Estados Unidos 美國
estadounidense*

Filipinas 菲律賓
filipino / filipina

Francia 法國
francés / francesa

Grecia 希臘
griego / griega

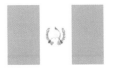

Guatemala 瓜地馬拉
guatemalteco / guatemalteca

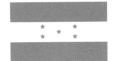

Honduras 宏都拉斯
hondureño / hondureña

Israel 以色列
israelita* 或 israelí*

Italia 義大利
italiano / italiana

(el) Japón 日本
japonés / japonesa

México 墨西哥
mexicano / mexicana

Nicaragua 尼加拉瓜
nicaragüense*

Panamá 巴拿馬
panameño / panameña

(el) Paraguay 巴拉圭
paraguayo / paraguaya

(el) Perú 秘魯
peruano / peruana

Portugal 葡萄牙
portugués / portuguesa

Puerto Rico 波多黎各
puertorriqueño / puertorriqueña

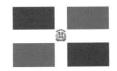

(la) República Dominicana
多明尼加
dominicano / dominicana

Rusia 俄羅斯
ruso / rusa

(el) Salvador 薩爾瓦多
salvadoreño / salvadoreña

Suecia 瑞典
sueco / sueca

Suiza 瑞士
suizo / suiza

Turquía 土耳其
turco / turca

(el) Uruguay 烏拉圭
uruguayo / uruguaya

Venezuela 委內瑞拉
venezolano / venezolana

Inglaterra 英國
inglés / inglesa
Gran Bretaña 大不列顛
británico / británica

¡ojo!

表示語言時，在形容詞陽性前面加冠詞 el，將形容詞名詞化。也就是說，各國的「語言」在西班牙語中都是陽性名詞。

（例：el coreano 韓語，el chino 華語）

* 編註：台灣稱為 Taiwán，形容詞形式是 taiwanés / taiwanesa。

02 國名形容詞的性、數會變化　MP3 09_3

▶ Él es coreano.
他是韓國人。

▶ Ella es peruana.
她是秘魯人。

03 語言的名稱：el + 國名形容詞陽性單數形

el español 西班牙語，el coreano 韓語，el inglés 英語，el japonés 日語，el alemán 德語
Silvia habla español. 席維雅（會）說西班牙語。

* hablar/estudiar/aprender 等動詞後面直接接語言名稱時，不使用定冠詞。

Hablo en español. 我用西班牙語說。

PASO.1
10 疑問詞

 一疑問句前後都要加問號，前面用倒過來的問號（¿）開頭。
一所有疑問詞都有重音符號。

01 ¿Qué（什麼）：用於事物或人，沒有性、數變化，當形容詞、代名詞用　MP3 10_1

¿Qué ~

¿Qué lengua hablan ellas? 她們說什麼語言？
¿Qué fecha es hoy? 今天的日期是幾月幾號？
¿Qué estudia Ud.? 您是學什麼的？
¿Qué es esto? 這是什麼？

與介系詞連用

¿De qué 關於什麼，是什麼的：
¿De qué estás charlando? 你在聊什麼？
¿De qué color es tu mochila?
你的背包是什麼顏色的？

¿A qué 往什麼，在幾點：
A qué hora empezamos? 我們幾點開始？

¿Para qué 為了什麼：
¿Para qué compras? 你是為了什麼買的？

¿En qué 在什麼：
¿En qué estrella estará? 他會在哪顆星？（一首歌的名字）

 西班牙語問顏色時，疑問詞 qué 前面一定會加上介系詞 de。
• ¿De qué color es ~

02 ¿Cuánto（幾個，多少）：詢問數量，有性、數變化，當形容詞、代名詞用　MP3 10_2

¿Cuánto ~

¿Cuántos alumnos aprenden coreano? 有多少學生學韓語？
¿Cuántos años tiene? 您幾歲？
¿Cuántos chicos hay en la clase? 教室裡有幾個男孩子？
¿Cuántos viven en la casa de Juan? 有幾個人住在胡安家？
¿Cuánto es? (= ¿Cuánto cuesta? / ¿Cuánto vale?) 多少錢？

▶ *¿Cuánto es?*

03 ¿Cuál（哪個，哪些）：詢問是哪一個，沒有性的變化，只有數的變化，當形容詞、代名詞用　MP3 10_3

¿Cuál ~	¿Cuál lección estudias? 你學習哪一課？
	¿Cuál libro tienen ellos? 他們有哪本書？
	¿Cuáles son los libros de Juan? 哪些是胡安的書？
	¿Cuál es su casa? 哪一棟是您家？
	¿Cuáles son los meses del verano? 夏季月份是哪幾個月？

04 ¿Quién（誰）：只用於人，沒有性的變化，只有數的變化，只當代名詞用　MP3 10_4

¿Quién ~	¿Quién es Ud.? 您是誰？	
	¿Con quién hablo? 您是哪位？（「我在跟誰講話？」→問電話另一端的人是誰）	
	¿Con quién vive? 您和誰一起住？	
	¿Quiénes son aquellas señoritas? 那些小姐是誰？	
	與介系詞連用	**¿De quién** 誰的： ¿De quién es este libro? 這本書是誰的？
		¿Con quién 和誰： ¿Con quién estás ahora? 你現在和誰在一起？
		¿A quién 對誰： ¿A quién le das el regalo? 你要把這份禮物給誰？

▶ *¿Con quién hablo?*

05 ¿Cuándo（什麼時候）：表示時間，沒有性、數的變化　MP3 10_5

¿Cuándo llegan tus amigos? 你的朋友們什麼時候到？

¿Cuándo es tu cumpleaños? 你的生日是什麼時候？

¿Cuándo vas a ir? 你什麼時候要去？

¿Cuándo ~

與介系詞連用

¿Hasta cuándo es la tarea? 作業(期限)到哪時候為止？

(= ¿Para cuándo es la tarea?)

¿Hacia cuándo? 大約什麼時候？

¿Desde cuándo? 從什麼時候開始？

06 ¿Dónde（哪裡）：表示地點的疑問詞　MP3 10_6

¿De dónde es ella? 她來自哪裡？

¿Dónde está tu madre? 你媽媽在哪裡？

¿Dónde vives tú? 你住在哪裡？

¿Dónde ~

與介系詞連用

¿A dónde (= Adónde) 往哪裡：

¿A dónde vas? 你去哪裡？

¿De dónde 從哪裡：

¿De dónde vienes ahora? 你現在從哪裡過來？

¿Para dónde 往哪裡：

¿Para dónde vas de viaje? 你要去哪裡旅行？

¿Por dónde 在（到）哪裡：

¿Por dónde vas a estar? 你會在哪裡？

07 ¿Cómo（怎麼樣）：表示方法和樣子的疑問詞　MP3 10_7

¿Cómo ~

¿Cómo se llama Ud.? 您叫什麼名字？（您怎麼稱呼自己？）

¿Cómo está Ud.? 您好嗎？（您的狀態怎樣？）

¿Cómo es tu hermana? 您的姐姐（妹妹）是怎樣的人？

¿Cómo es posible? 怎麼可能呢？

¿Por qué（為什麼）：詢問理由時使用　MP3 10_8

¿Por qué ~	¿Por qué me mira? 您為什麼看我？ ¿Por qué estás sola en casa? 妳為什麼一個人在家？ No sé por qué. 我不知道為什麼。（我不知道原因。）

 ¿Qué tal（…如何？）：詢問某個名詞的狀況或作問候　MP3 10_9

¿Qué tal ~	¿Qué tal tu nuevo trabajo? 你的新工作如何？ ¿Qué tal estás? 你好嗎？（你過得如何？） ¿Qué tal la comida? 食物怎麼樣？

▶ *¿Qué tal la comida?*

PASO.1
11 指示形容詞

> ! 指示形容詞用在名詞前面，不和冠詞連用
> 指示詞 + 名詞：指示形容詞的用法（這本書）
> 單獨使用指示詞：指示代名詞的用法（這個東西）

• 指示詞 + 名詞　　MP3 11_1

	陽性單數	陽性複數	陰性單數	陰性複數
這	este + 名詞	estos + 名詞	esta + 名詞	estas + 名詞
那（稍有距離）	ese + 名詞	esos + 名詞	esa + 名詞	esas + 名詞
那（距離較遠）	aquel + 名詞	aquellos + 名詞	aquella + 名詞	aquellas + 名詞

Esta cocina es pequeña. 這間廚房很小。

Aquellas muchachas son simpáticas. 那些年輕女子人很好。

esta mañana 今天上午，esa hora 那個小時，en aquel tiempo 在那個時間

este libro y esta pluma 這本書和這枝筆，ese bolígrafo y esa tiza 那枝原子筆和那根粉筆

estos bolsos y estas mochilas 這些包包和這些背包

este niño y esta niña 這個男孩和這個女孩，estos niños y estas niñas 這些男孩和這些女孩

estos muchachos y estas muchachas 這些少年和這些少女

esos profesores y esas alumnas 那些老師和那些學生

▶ *este niño y esta niña*

▶ *estos muchachos y estas muchachas*

▶ *esos profesores y esas alumnas*

01 ▶ 陽性形容法　MP3 11_2

	陽性單數	陽性複數
	este	**estos**
這	este coche este niño este libro	estos coches estos niños estos libros
	ese	**esos**
那（稍有距離）	ese coche ese niño ese libro	esos coches esos niños esos libros
	aquel	**aquellos**
那（距離較遠）	aquel coche aquel niño aquel libro	aquellos coches aquellos niños aquellos libros

02 ▶ 陰性形容法　MP3 11_3

	陰性單數	陰性複數
	esta	**estas**
這	esta casa esta maleta esta flor	estas casas estas maletas estas flores
	esa	**esas**
那（稍有距離）	esa casa esa maleta esa flor	esas casas esas maletas esas flores
	aquella	**aquellas**
那（距離較遠）	aquella casa aquella maleta aquella flor	aquellas casas aquellas maletas aquellas flores

PASO.1

12 指示代名詞

❗ 「指示代名詞」用來代替名詞，是指稱人或事物的代名詞

MP3 12_1

	陽性單數	陽性複數	陰性單數	陰性複數	中性
這個	este	estos	esta	estas	esto
那個（稍有距離）	ese	esos	esa	esas	eso
那個（距離較遠）	aquel	aquellos	aquella	aquellas	aquello

¡ojo!

中性指示代名詞：詢問某個不清楚是什麼的東西時使用。

01 指示代名詞　MP3 12_2

este libro y aquel 這本書和那本（書）
aquel amigo y este 那位朋友和這位（朋友）
esa Srta. y aquella 那位小姐和那位（小姐）
estas plumas y esas 這些筆和那些（筆，或者其他陰性複數名詞）
este libro y aquellos 這本書和那些（書）
aquellas flores y esta 那些花和這個（陰性單數名詞）
Esta calle es estrecha pero aquella es ancha. 這條街很窄，但那條（街）很寬。

• 中性
¿Qué es esto(eso, aquello)? 這（那）是什麼？

▶ Es un libro.
（這／那）是一本書。

▶ Es un tenedor.
（這／那）是一把叉子。

▶ Es una maleta.
（這／那）是一個行李箱。

¡ojo!

1. 指稱前面提到的兩個對象時，會先用 este 指「後者」，再用 aquel 指「前者」。
2. 以前如果是指示代名詞的話，會加上重音符號，作為和指示形容詞（無重音符號）的區分。不過，因為沒有重音符號也能區分指示詞的功能，所以後來就不使用重音符號了。
   • 指示詞 + 名詞 → 當指示形容詞使用
   • 只有指示詞 → 當指示代名詞使用

02 表示場所的指示代名詞　MP3 12_3

這裡		那裡（距離較遠）		那裡（稍有距離）	
aquí	este lugar	allí	en aquella parte en aquel lugar	ahí	ese lugar
*acá		*allá		*ahí	

*中南美的說法

PASO.1
13 所有形容詞

 01 前置型：置於名詞前，與名詞的性、數一致，並省去冠詞 MP3 13_1

人稱	單數	複數	人稱	單數	複數
我的	mi	mis	我們的	nuestro(a)	nuestros(as)
你的	tu	tus	你們的	vuestro(a)	vuestros(as)
他的、她的、您的	su	sus	他們的、她們的、您們的	su	sus

人稱	單數	複數
我的	mi libro mi casa	mis libros mis casas
你的	tu libro tu casa	tus libros tus casas
他的／她的／您的	su libro su casa	sus libros sus casas
我們的	nuestro libro nuestra casa	nuestros libros nuestras casas
你們的	vuestro libro vuestra casa	vuestros libros vuestras casas
他們的／她們的／您們的	su libro su casa	sus libros sus casas

 02 後置型：置於名詞後，與冠詞同時使用，
但用於稱呼時會省去冠詞 MP3 13_2

（*mama mía 我的媽媽〔呀〕，Díos mío 我的神〔我的天啊〕）

人稱	陽性	陰性	人稱	陽性	陰性
我的	mío(s)	mía(s)	我們的	nuestro(s)	nuestra(s)
你的	tuyo(s)	tuya(s)	你們的	vuestro(s)	vuestra(s)
他的、她的、您的	suyo(s)	suya(s)	他們的、她們的、您們的	suyo(s)	suya(s)

mi libro (el libro mío) 我的書   tus padres (los padres tuyos) 你的父母

sus casas (las casas suyas) 他的房子（複數）

 1. 要修飾的名詞是主詞時，通常使用前置型
2. 因為 su 和 suyo 都有六種可能的意思，所以為了明確表示是誰的，會用有「所有」意義的介系詞 de 來表達。

la casa		él(ellos)
	de	ella(ellas)
las casas		Ud.(Uds.)

所有代名詞

> 用於再次表示對話中提過的名詞
> 例）這是你的書嗎？ －對，是我的。

MP3 14

人稱	單數		複數	
	陽性	陰性	陽性	陰性
1/singular	el mío	la mía	los míos	las mías
	我的東西		我的東西（複數）	
2/singular	el tuyo	la tuya	los tuyos	las tuyas
	你的東西		你的東西（複數）	
3/singular	el suyo	la suya	los suyos	las suyas
	他的、她的、您的東西		他的、她的、您的東西（複數）	
1/plural	el nuestro	la nuestra	los nuestros	las nuestras
	我們的東西		我們的東西（複數）	
2/plural	el vuestro	la vuestra	los vuestros	las vuestras
	你們的東西		你們的東西（複數）	
3/plural	el suyo	la suya	los suyos	las suyas
	他們的、她們的、您們的東西		他們的、她們的、您們的東西（複數）	

• 形式為「定冠詞＋所有形容詞後置型」

• 定冠詞與形容詞字尾的陰陽性、單複數一致

• 當 ser 的補語時：通常會省略定冠詞

　（但以 ¿Cuál?〔哪個〕詢問時，以及回答這類問題時，即使是 ser 的補語，也不會省略定冠詞）

• 意思不明確時，則會採用能明確表明所有者是誰的形式

　¿Dónde están tu libro y el mío? 你的書和我的書在哪裡？

　La hermana de ella y la tuya están en mi casa. 她的姊姊和你的姊姊在我家裡。

　Aquella mesa es mía y esta es suya. 那張桌子是我的，這張是您的。

　El libro es tuyo. 書是你的。

　¿Cuál es el tuyo entre estos libros? 這些書裡面哪本是你的？

　Este es el mío. 這本是我的。

　Es suyo. → Es de él (de ella., de Ud., etc.)

　是某個第三人稱單數的人的東西。 → 是他的（她的、您的…）。或者用人名：es de Silvia「是席維雅的」。

PASO.1 / 15 否定詞 no

01 否定詞 no 的用法　MP3 15_1

• 放在動詞前面。當受格代名詞或反身代名詞出現在動詞前面時，就放在代名詞前面。

Ella no habla coreano. 她不會說韓語。

Ella no me la quiere dar. 她不想要給我那個。

02 也可以在省略動詞的情況下使用

No mucho. 不多。

No tanto. （程度）不是那麼高，沒那麼…。

03 會和其他否定詞一起使用，強調否定語氣（雙重否定）

No quiero decir nada. 我不想說什麼。

No lo dejes en ninguna parte. 你別把它留在任何地方了。

04 其他否定詞（nunca 從不，絕不… / tampoco 也不…）　MP3 15_2

nada 沒有什麼	No es nada. 那沒什麼。　Nada es... 沒有什麼是…
nadie 沒有人	Nadie está en la habitación. (= No está nadie en la habitación.) 沒有人在房間裡。
nunca / jamás 從不，絕不…	Nunca te creo. (= No te creo nunca.) 我從不相信你。
ninguno(a) 沒有任何（人、物）	No tengo ningún problema. 我沒有任何問題。
ni~ ni~ 不…也不…；連…也不	El café está ni caliente ni frío. 這咖啡不熱也不冷。 Ni chocolate 就連巧克力也不 Ella no es ni gorda ni delgada. 她不胖也不瘦。
tampoco 也不…（對於某個否定表現，表示情況相同）	¿No quieres estudiar? Yo tampoco. (= Tampoco quiero estudiar.) 你不想要讀書嗎？我也不想。

¡ojo!

如果動詞前面有 no 以外的否定詞，就不用 no
• Nunca vuelvo a hacer tal cosa. 我不會再做那種事了。
• Tampoco lo sé. (= No lo sé tampoco.) 我也不知道那個。
• No lo creo tampoco. (= Tampoco lo creo.) 我也不相信那個。

PASO 2

PASO.2

16 數字（基數與序數）

01 ▶ 數字讀法

① 0 ～ 20   MP3 16_1

0	cero		
1	uno	11	once
2	dos	12	doce
3	tres	13	trece
4	cuatro	14	catorce
5	cinco	15	quince
6	seis	16	dieciséis
7	siete	17	diecisiete
8	ocho	18	dieciocho
9	nueve	19	diecinueve
10	diez	20	veinte

② 21 ～ 40   MP3 16_2

21	veintiuno	31	treinta y uno
22	veintidós	32	treinta y dos
23	veintitrés	33	treinta y tres
24	veinticuatro	34	treinta y cuatro
25	veinticinco	35	treinta y cinco
26	veintiséis	36	treinta y seis
27	veintisiete	37	treinta y siete
28	veintiocho	38	treinta y ocho
29	veintinueve	39	treinta y nueve
30	treinta	40	cuarenta

1. 從 16 到 29 的數字，有同樣的規則。
   veinte y dos (×) → veintidós (○)
   veinte y ocho (×) → veintiocho (○)
2. 在 30 之後，沒有以上的連寫規則，改以「y」表示。
   31: treinta y uno / 45: cuarenta y cinco / 99: noventa y nueve

③ 10 ~ 100（10 的倍數）　MP3 16_3

10	diez	60	sesenta
20	veinte	70	setenta
30	treinta	80	ochenta
40	cuarenta	90	noventa
50	cincuenta	100	cien

④ 100 ~ 1.000（100 的倍數）

100	cien	600	seiscientos
200	doscientos	700	setecientos
300	trescientos	800	ochocientos
400	cuatrocientos	900	novecientos
500	quinientos	1.000	mil
		2.000	dos mil

1. 雖然 100 只要說「cien」就好，但 101 到 199 中的「一百」都是以 ciento 表達。
2. 從 200 開始，ciento 後面要加 s。
3. 在西班牙和中南美洲，千分位以句點（.）分隔：123.456.789（*但我國以逗號〔,〕表示：123,456,789）

⑤ 其他範例

101	ciento uno	123	ciento veintitrés
115	ciento quince	134	ciento treinta y cuatro

02 用法　MP3 16_4

① uno：後面接陽性名詞時去掉「o」，接陰性名詞時將字尾改為「a」
　　　（除了 1 以外，也包括任何更大的數字以「1」結尾的情況）

陽性	陰性
un muchacho 一個男孩子	una muchacha 一個女孩子
veintiún hombres 21 個男人	veintiuna mujeres 21 個女人
cincuenta y un profesores 51 位男老師	cincuenta y una profesoras 51 位女老師

② ciento：剛好 100 而且後面接名詞時，去掉「to」，後面修飾更大的數字時也會去掉「to」

cien padres 100 位爸爸，cien madres 100 位媽媽

cien mil 十萬，cien millones 一億

Cien años son un siglo. 一百年是一個世紀。

200~900：後面接陰性名詞時，字尾改為「as」
- doscientos hombres 200 個男人，doscientas mujeres 200 個女人
- trescientas un mil quinientas muchachas 301,500 個女孩子

③ mil：沒有複數形，1,000 不是「un mil」，而是只用「mil」表達

mil personas 1,000 人，tres mil chicos 3,000 個小孩

doscientos un mil 201,000

④ millón（百萬）：視為名詞，所以要加上「de」才能在後面接名詞（「de + 名詞」是有形容詞功能的片語）

un millón 一百萬，dos millones 兩百萬

un millón de alumnos 一百萬名學生，tres millones de habitantes 三百萬名居民

dos millones doscientos mil niños 2,200,000 個男孩

cinco millones quinientas mil mujeres 5,500,000 個女人

⑤ 電話號碼的每個數字分開讀

uno dos tres cuatro cinco seis siete 1234567

*西班牙和中南美洲的電話號碼，中間通常不加「-」符號，如「1234567」。

⑥ 基數（表示數量）是限定形容詞，所以用在名詞前面，序數（表示第幾個）則會用在名詞後面（從 11 開始，大部分的序數形式和基數相同）

once páginas 11 頁（表示分量），la página once 第 11 頁

quince lecciones 15 課（表示分量），la lección quince 第 15 課

el siglo veintiuno （第）21 世紀

 **序數** MP3 16_5

	M	**F**
第 1	primero	primera
第 2	segundo	segunda
第 3	tercero	tercera
第 4	cuarto	cuarta
第 5	quinto	quinta
第 6	sexto	sexta
第 7	séptimo	séptima
第 8	octavo	octava
第 9	noveno	novena
第 10	décimo	décima
最後	postrero (último)	postrera (última)

① 可用於名詞前或名詞後，當形容詞時與名詞的性、數一致

　　la primera lección (la lección primera) 第一課

　　el primer día (el día primero) 第一天

　　Hoy es el primer día de junio. 今天是 6 月 1 日。

　　El lunes es el primer día de la semana. 星期一是一週的第一天。

② 在 10 之後，以基數形式表示序數

　　el siglo décimo （第）10 世紀，el siglo veinte （第）20 世紀

③ primero, tercero：後面接陽性單數名詞時去掉「o」

　　el primer día 第一天，el tercer volumen 第三冊

PASO.2
17 時間的表達

> !　請記得西班牙語中的時間（la hora）是陰性名詞！

01 ▶ **時間（la hora）的表達：la(las) + 基數**　MP3 17_1

Es la hora de estudiar. 現在是讀書的時間。

Son las 2(dos) y media. 現在是 2 點半。

*medio 是表示「一半」的形容詞，在表示時間時則以陰性形式 media 代表 30 分鐘

02 ▶ **動詞（ser）：es/son**　*2 點之後是複數，所以動詞形式是 son

▶ Es la 1(una).　　　　　▶ Son las 3(tres) en punto.
現在是 1 點。　　　　　　　　現在是 3 點整。

03 ▶ **現在是幾點？：詢問時，hora 前面不加定冠詞**

¿Qué hora es? (= ¿Qué horas son? / ¿Qué hora tiene Ud.? / ¿Tiene(s) hora?)

04 ▶ **現在時間是（…時…分）：時與分中間加上「y」**

Es la 1(una) y 5(cinco). 現在是 1 點 5 分。

Son las 2(dos) y cuarto. 現在是 2 點 15 分。（cuarto = 1/4〔15分〕）

Son las 3(tres) y media. 現在是 3 點半。（media = 1/2〔30分〕）

05 ▶ **還有多久就到…點：整點與分鐘數中間加上「menos」**

Son las 5(cinco) menos 10(diez) minutos. (= Faltan diez minutos para las cinco.)
再 10 分鐘就 5 點了。

Son las 6(seis) menos cuarto. 再 15 分鐘就 6 點了。

06 早上、下午、晚上…點：用 de la mañana, de la tarde, de la noche 表達 MP3 17_2

la mañana 早上，la tarde 下午，la noche 晚上

▶ Son las 9(nueve) de la mañana.　▶ Son las 4(cuatro) de la tarde.　▶ Es la 1(una) de la mañana
　現在是早上 9 點。　　　　　　　　現在是下午 4 點。　　　　　　(de la madrugada).
　　　　　　　　　　　　　　　　　　　　　　　　　　　　　　　　現在是早上（凌晨）1 點。

07 在早上、下午、晚上（不指明時刻）：用 por la mañana, por la tarde, por la noche 表達

Voy a la universidad por la mañana. 我早上去上大學。

Estudio en casa por la noche. 我晚上在家讀書。

08 30~59 分：可以省略時與分中間的 y

Son las 7(siete) (y) 35(treinta y cinco). 現在是 7 點 35 分。

09 正午 el mediodía，午夜 la medianoche

antes del mediodía 在正午之前

10 在某個時刻：用「a + 時間」表達 MP3 17_3

a(l) mediodía (a la hora mediana) 在正午，a (la) medianoche 在午夜
Yo estudio a las 10(diez). 我 10 點讀書。
¿A qué hora empieza la clase? 課幾點開始上？
Empieza a las 9(nueve) de la mañana. 早上 9 點開始。

11 …點左右：a eso de (= hacia, alrededor de)

¿A qué hora es la reunión? 會議是幾點？
La reunión es a eso de las 2(dos). 會議大概是 2 點。

12 現在是做…的時間：Es (la) hora de + inf.（原形動詞）…

Es la hora de volver a casa. 現在是回家的時間。

PASO.2 18　加減乘除的表達

01 符號讀法　MP3 18_1

+	y (más)	3 + 3 = 6	tres y(/más) tres son(/hacen, igual a) seis
-	menos	7 - 2 = 5	siete menos dos son cinco
		8 - 4 = 4	ocho menos cuatro son cuatro
×	por	2 × 2 = 4	dos por dos son cuatro
÷	dividido por (en, entre)	6 ÷ 2 = 3	seis dividido por dos son tres
=	es(son) (hace(hacen), igual a)	0,25 + 0,75 = 1	cero coma(/con) veinticinco y cero coma setenta y cinco es uno

① 算出來的結果是 1 的話用 es，複數則用 son。
② 西班牙和中南美洲用逗號（,）表示小數點：0,25/3,5%（*我國則是用句點〔.〕：0.25/3.5%）

02 分數表達方式：先分子再分母，分子以基數表達，分母以序數表達　MP3 18_2

• 當分子是 2 以上時，分母字尾加「-s」；分母在 11 以上時，字尾加「-avo」

1/2 un medio (= una mitad), 1/3 un tercio (= un tercero), 1/4 un cuarto

3/4 tres cuartos, 2/11 dos onzavos (*中南美：onceavos)

5/100 cinco centavos (*中南美：cinco sobre cien)

03 倍數表達方式：基數 + veces（2 倍：dos veces）

Mi casa es 2(dos) veces más grande que la tuya. 我的房子是你的 2 倍大。

el año, el mes, la semana, etc.

PASO.2 19 年、月、日、星期、季節的表達

01 一週（la semana） MP3 19_1

el lunes	el martes	el miércoles	el jueves	el viernes	el sábado	el domingo
星期一	星期二	星期三	星期四	星期五	星期六	星期日

¿Qué día (de la semana) es hoy? 今天是星期幾？

Hoy es lunes. 今天是星期一。

¿En qué día (de la semana) estamos? 今天是星期幾？

Estamos en jueves. 今天是星期四。

*使用動詞 estar 或 caer（落〔在…〕）的時候，才會在星期前面加上介系詞 en，en 後面的冠詞省略

(todos) los viernes (= cada viernes) 每週五

(todos) los domingos (= cada domingo) 每週日

mañana 明天，pasado mañana 後天，ayer 昨天，anteayer 前天

 1. 星期名稱前面加陽性定冠詞
2. 星期一～星期五：單複數同形
3. 當星期是 ser 的補語時，省略冠詞
4. 在西班牙文中，除了剛好在句首的情況以外，星期名稱都以小寫表示（與英文不同）

02 月（el mes） MP3 19_2

• 1月～12月：除了在句首的情況以外，都以小寫表示（與英文不同）

enero 1月	mayo 5月	septiembre 9月
febrero 2月	junio 6月	octubre 10月
marzo 3月	julio 7月	noviembre 11月
abril 4月	agosto 8月	diciembre 12月

10 octubre						
dom	lun	mar	mié	jue	vie	sáb
			1	2	3	4
5	6	⑦	8	9	10	11
12	13	14	15	16	17	18
19	20	21	22	23	24	25
26	27	28	29	30	31	

¿Qué fecha es hoy? (= ¿Cuál es la fecha de hoy?)
今天日期是幾月幾號？

(Hoy) es (el) 7(siete) de octubre. 今天是 10 月 7 日。

49

03 季節（la estación） MP3 19_3

▶ la primavera 春天　　▶ el verano 夏天　　▶ el otoño 秋天　　▶ el invierno 冬天

¿En qué estación estamos? 現在是什麼季節（我們現在在什麼季節）？

Estamos en otoño. 現在是秋天。

04 年、月、日的表達方式 MP3 19_4

2015 年 5 月 1 日 el primero de mayo de 2015(dos mil quince)
2015 年 12 月 12 日 el (día) 12(doce) de diciembre de 2015(dos mil quince)
*和中文相反，以日、月、年的順序表達

05 星期、日期、月的副詞性表達方式

el sábado 在星期六，el 12(doce) 在 12 日，en febrero 在 2 月
el jueves 在星期四（los jueves 在每週四）
en verano 在冬天（en el verano 在那個冬天）
¿El martes vas a Madrid? 你星期二要去馬德里嗎？
Ella va a Corea el (día) 15(quince). 她 15 號要去韓國。
¿Vas a España en mayo? 你 5 月要去西班牙嗎？
¿Cuándo es la reunión? 會議是什麼時候？
Es el miércoles. 是在星期三。

PASO.2
20 muy 與 mucho

01 muy（很）+ 形容詞或副詞
（副詞 muy 只用來修飾形容詞和副詞） MP3 20_1

Hablo muy bien el español. 我說西班牙語說得很好。

Ella está muy enferma. 她（現在狀態）病得很重。

El agua está muy fría. 水（現在狀態）很冷。

*el agua 以陰性形式的形容詞修飾，因為 agua 其實是陰性名詞，只是因為字首是有重音的 a，所以不說 la agua，而是 el agua。

02 mucho（許多〔有時表示「很」〕）
當代名詞、形容詞或副詞用 MP3 20_2

① 形容詞（mucho + 名詞）：依照被修飾的名詞而有性和數的變化
② 副詞（動詞 + mucho）：修飾動詞時，沒有性和數的變化

▶ Hay muchas rosas en el jardín.
花園裡有許多玫瑰花。

▶ Tengo mucha hambre.
我很餓。

▶ Me gusta mucho la música.
我很喜歡音樂。

▶ Nieva mucho en invierno.
冬天會下很多雪。

▶ Muchas gracias.
非常感謝。

代名詞	很多東西、很多人 Muchos quieren ser millonarios. 許多人想要成為百萬富翁。
形容詞	Muchas gracias. 非常感謝。 *與被修飾的名詞性、數一致
副詞	Nieva mucho. 下很多雪。

比較級與最高級

原級	比較級	最高級
mucho 多的	más 比較多，比較…	el más / la más
poco 少的	menos 比較少，比較不…	el menos / la menos
bueno 好的 / bien 好地	mejor 比較好	el mejor / la mejor
malo 壞的 / mal 壞地	peor 比較壞	el peor / la peor
pequeño 小的	menor (más pequeño) 比較小的	el menor / la menor
grande 大的	mayor (más grande) 比較大的	el mayor / la mayor

1. más pequeño, más grande：用於大小或量的比較
2. menor, mayor：用於年齡的比較

01 優等比較   MP3 21_2

más + 形容詞（名詞、副詞）+ que

① 形容詞比較

Elisa es más alta que yo. 艾莉莎比我高。

Estas flores son más hermosas que aquellas. 這些花比那些美。

La ciudad de Seúl es más grande que Busan. 首爾市比釜山大。

Pablo es más fuerte que Juan. 帕布羅比胡安強壯。

Este libro es mejor que ese. 這本書比那本好。

Juan es mayor que Luis. 胡安比路易斯（年紀）大。

② 副詞比較

Silvia se levanta más temprano que yo. 席維雅比我早起床。

Yo me levanto más tarde que Silvia. 我比席維雅晚起床。

Miguel habla mejor que yo. 米格爾說得比我更好。

③ 名詞比較

Ella tiene más dinero que yo. 她擁有的錢比我多。

Celeste tiene más libros que yo. 瑟列絲特擁有的書比我多。

 02 劣等比較 MP3 21_3

menos + 形容詞（名詞、副詞）+ que

Silvia es menos alta que Ana. 席維雅沒有安娜高。

Ella tiene menos dinero que usted. 她擁有的錢比您少。

 03 同等比較 MP3 21_4

tan + 形容詞、副詞 + como ／ tanto como ／ tanto(a) + 名詞 + como

Ella es tan hermosa como Violeta. 她和薇歐蕾塔一樣美。

Ella corre tan temprano como tú. 她跟你一樣早跑步。

Él estudia tanto como Julio. 他跟胡里歐一樣認真讀書。

Martín tiene tantos amigos como Juan. 馬丁擁有的朋友和胡安一樣多。

04 優等、劣等的最高級 MP3 21_5

定冠詞 + más/menos + 形容詞 + de(en, entre)

Matías es el más alto de sus compañeros. 馬帝亞斯是他同學裡面最高的。

Esta rosa es la más hermosa de este jardín. 這朵玫瑰花是這座花園裡最美的。

Aquellas chicas son las más inteligentes entre sus compañeros.
那些女孩子是她們同學裡面最聰明的。

Este móvil es el menos caro de la tienda. 這支手機是店裡最不貴（最便宜）的。

José es el que corre más aprisa entre sus amigos. 荷賽是他朋友裡面跑得最快的。

Silvia es la que corre menos aprisa de nuestra clase.
席維雅是我們班上跑得最不快（最慢）的。

Ella estudia mejor que nadie.
她比任何人都來得會讀書。（形式是比較級，但表示最高級的意思）

05 最…的其中一個 MP3 21_6

uno(a) de los(las) más(menos) + 形容詞 + de(en)

Seúl es una ciudad más grande de Corea. 首爾是韓國最大的城市。
→ Seúl es una de las más grandes ciudades de Corea. 首爾是韓國最大的城市之一。

 06 比較法的慣用語 MP3 21_7

preferir A a B：偏好 A 勝過 B	Prefiero café a té. 我喜歡咖啡勝過茶。
más de ~, menos de ~： 多於…，少於…	Tengo más de 1.000(mil) dólares. 我有超過一千美元。
no ~ más que ~ (= sólo, solamente)： 只有…，不過…	No tengo más que 50(cincuenta) dólares. 我擁有的錢不過 50 美元而已。
tan ~ que ~：很…以致於…	Estoy tan cansada que no puedo jugar al fútbol. 我累得不能踢足球。
demasiado ~ para ~：對於…太…	Había demasiada gente para estar en el salón. 當時待在客廳裡的人太多了。
lo más ~ posible：盡可能最…	Ven por aquí(acá) lo más pronto posible. 盡快來這裡。
por lo menos ~ (= al menos)： 至少，最少	Por lo menos puedo llegar a la hora. 至少我可以準時抵達。 Por lo menos, tienes que preparar algo. 你至少必須準備些什麼。
más o menos ~ (= casi, alrededor de, sobre)：大約，…左右	Hay más o menos 10(diez) alumnos en el aula. 教室裡大約有 10 位學生。
cuanto más ~ (tanto) más ~： 越是…越是…	Cuanto más gana, (tanto) más gasta. 賺得越多，花得越多。

22 副詞

01 將形容詞變成副詞的方法　　MP3 22_1

① 以「o」結尾的形容詞，將「o」改為「a」，再加上「-mente」

② 結尾不是「o」的形容詞，直接加上「-mente」

claro → claramente 清楚的→清楚地

correcto → correctamente 正確的→正確地

rápido → rápidamente 快速的→快速地

feliz → felizmente 幸福的→幸福地

fácil → fácilmente 簡單的→簡單地

amable → amablemente 和藹可親的→和藹可親地

02 兩個以上並列時，只需要在最後面加上「-mente」（但「o」結尾的形容詞要把「o」改成「a」）

políticamente y económicamente → política y económicamente 政治上及經濟上

03 con + 抽象名詞 = 副詞性質的片語　　MP3 22_2

con cuidado = cuidadosamente 小心地

con alegría = alegremente 高興地

con felicidad = felizmente 幸福地

con atención = atentamente 注意地

con orgullo = orgullosamente 自豪地

con frecuencia = frecuentemente (= a menudo, muchas veces) 頻繁地

con mucha claridad = muy claramente 很清楚地

con tanto cariño = tan cariñosamente 很關愛地，富有感情地

PASO.2
23 介系詞

MP3 23_1

① 動詞的受詞是人、動物、地名時

Yo estimo al profesor. 我很尊重老師。

Marisa escribe a su madre. 瑪麗莎寫信給她的母親。

Queremos a Corea. （以擬人、像是對人一樣的方式表達）我們愛韓國。

Yo amo a mi familia. 我愛我的家人。

② 在某個時刻

La reunión termina a las 6(seis). 會議 6 點結束。

③ 往某個方向

Yo voy al cine. 我去電影院。

Las chicas salen a la calle.
那些女孩子上街去。（salir para 則表示「以⋯為目的地出發」）

▶ España está al suroeste de Europa.
西班牙在歐洲西南部。

▶ El tren llega a la estación.
列車到站。

④ 表示時間或空間的範圍終點 (de... a... = desde... hasta...)

del lunes al domingo 從星期一到星期日

⑤ 動詞 + a + inf.〔原形動詞〕（這裡的 a 帶有 para 的意義，表示要去做、想做、為了做…）

　　Voy a escribir cartas. 我要寫信了。

　　Empiezo a correr. 我開始跑。

　　Venimos a verle a Ud. 我們來看您。

⑥ 表示方式：a pie（走路），a caballo（騎馬）

▶ Ella va a la escuela a pie.
　她走路上學。

▶ Nosotros montamos a caballo.
　我們騎馬。

▶ a mano
　用手工

⑦ 表示比率

　　Yo estudio 2(dos) horas al día. 我每天讀書 2 小時。

⑧ al + 原形動詞（在…的時候，一…就）= cuando...

　　Al ver a su hija, Pedro gritó. 一看到您的女兒，佩德羅就叫出聲來。

⑨ a + 原形動詞（如果…的話，或表示勸誘）= si

　　A decir verdad, no lo sé. 說實話，我不知道。

　　Vamos a ver. 我們看看吧。

⑩ 其他

ser aficionado a... 愛好（喜歡）…	pertenecer a... 屬於…
tener afición a... 愛好（喜歡）…	referirse a... 提到…
corresponder a... 符合，適合…	dedicarse a... 致力於…

02 de

① …的（表示所有、包含）

El libro de Andrés está en la mesa. 安德烈的書在桌上。

Es la casa del Sr. Juan. 這是胡安先生的家。

Es uno de mis amigos. 這是我的一位朋友。

② 引導修飾語（de 後面的名詞省略冠詞）

▶ el reloj de oro
金錶

▶ la carne de pollo
雞肉

▶ el libro de español
教西班牙語的書

▶ una taza de café
(= un café)
一杯咖啡

la clase de historia 歷史課

un millón de habitantes（habitar：居住）一百萬名居民

Es la hora de volver a casa.（es la hora de + inf.〔原形動詞〕現在是做…的時間）
現在是回家的時間。

③ 從…（表示來源、起點）

Vengo de la oficina. 我從辦公室來的。

Salimos de la escuela. 我們（放學）離開學校。

¿De dónde es usted? 您來自哪裡？

Soy de Corea. 我來自韓國。

④ 表示情感動詞（amar, querer, desear, enamorar, respetar, estimar, acompañar）
被動態中的行為者

El padre es respetado de sus hijos. 這位父親受到他孩子們的尊敬。

Juan está enamorado de Sofía. 胡安愛著索菲亞。（enamorar 是「使人愛上」的意思）

⑤ a.m., p.m. (... de la mañana, ... de la tarde, ... de la noche)

Son las 3(tres) de la tarde. 現在是下午 3 點。

Tomamos el desayuno a las 7(siete) de la mañana. 我們早上 7 點吃早餐。

⑥ 動詞 + de + 原形動詞

Acabo de terminar el trabajo.（剛剛…）我剛完成了工作。

Terminamos de estudiar español.（完成…）我們讀完西班牙語了。

⑦ 動詞接受詞時，作為輔助性的詞使用

Este libro trata de las costumbres peruanas.（談及，關於…）這本書是關於秘魯的習俗。

Yo no sé de pesca.（了解…）我不懂釣魚。

Queremos cambiar de plan.（更換…）我們想要改變計畫。

⑧ 用表示行動的名詞表達意思時

Vamos	**de**	vacaciones.	我們去度假。
		excursión.	我們去遠足。
		compras.	我們去購物。
		viaje.	我們去旅行。
		viaje de negocios.	我們去出差。
Estoy	**de**	vacaciones.	我正在休假。
		pie.	我站著。
		acuerdo.	我贊成。

ser de...	來自…，材質是…
hacerse de...	由…製成
tratar de...	談及，關於…
llenar de...	使充滿…
hablar de...	談論…
saber de...	了解…
cambiar de...	更換…
admirarse de...	對…感到驚嘆

estar orgulloso de...	對…感到驕傲
despedirse de...	向…告別
encargarse de...	負責，承擔…
acordarse de...	記得…
acompañarse de...	和…一起
reírse de...	笑…

 en MP3 23_3

① 在…（場所、時間範圍）

Vivo en Corea. 我住在韓國。

En el invierno hace mucho viento. 冬天很常颳風。

El libro está en la mesa. 書在桌上。

② en + 語言（用某種語言）/ en + 交通工具（用某種交通工具）

Yo hablo en español. 我用西班牙語說。

Vamos en coche. 我們坐車去。

▶ Juan canta en voz alta.
胡安大聲唱歌。

③ en + 形容詞 → 副詞性的片語

　　en general (= generalmente) 大致上，通常

　　en particular (= particularmente) 尤其，特別是

　　en absoluto (= absolutamente) 絕對地

④ 表示「思考」（與表示腦內活動的動詞連用：想、相信、專注）

　　Pienso en mi abuela.（想…）我在想奶奶。

　　Ella cree en Juan.（相信…）她相信胡安。

　　Quiero concentrarme en los estudios. 我想要專心讀書。

⑤ 動詞 + en + 原形動詞

　　Se tarda 2(dos) horas en llegar a Busan.（花費多少時間）到釜山要花 2 小時。

　　Mi hijo insiste en estudiar italiano.（堅持…）我兒子堅持要學義大利語。

04 con MP3 23_4

① 和…一起，用…

　　Estudio con el profesor. 我跟老師一起學習。

　　Yo escribo cartas con lápiz. 我用鉛筆寫信。

　　Cenamos con pan y leche. 我們晚餐吃麵包和牛奶。

　　No voy contigo. 我不和你一起去。

② 附屬

▶ el café con leche　　　　　▶ el pan con mantequilla
　拿鐵咖啡（加牛奶的咖啡）　　　塗了奶油的麵包

PASO.2

③ con + 抽象名詞 → 副詞性的片語

    con frecuencia (= frecuentemente, a menudo, muchas veces) 經常

    con cuidado (= cuidadosamente) 小心地

    con atención (= atentamente) 注意地

    con mucho apetito 很有食慾地

④ 其他

    ser amable con... 對…親切

    estar enfadado con... (= enfadarse con...) 對…生氣

    estar contento con... 對…滿意

    casarse con... 和…結婚

    soñar con... 夢到…

05 para　MP3 23_5

① 為了…（表示目的）

    Como para vivir. 我為了活著而吃。

    Carlos estudia para ser médico. 卡洛斯為了成為醫師而讀書。

    Es difícil para ti. 這對你來說很難。

    Esta carta es para mi novia. 這封信是給我女朋友的。

② 往（目的地）

    Salgo para Madrid. 我往馬德里出發。

    Partimos para Barcelona. 我們往巴塞隆納出發。

③ （時間）在…之前

    Faltan 2(dos) minutos para la 1(una). 還差 2 分鐘就 1 點了。

    Llegaré allí para el primero de junio. 我會在 6 月 1 日以前到那裡。

④ estar para + 原形動詞（即將…）

    El tren está para salir. 列車要出發了。

    Está para llover. (= Va a llover.) 要下雨了。

06 ▸ por MP3 23_6

① （表示理由、動機）因為…，以…

COLOMBIA

▸ Colombia es famoso por su café.
哥倫比亞以其咖啡聞名。

Ellos ganaron el campeonato por sus habilidades. 他們用實力贏得了錦標賽冠軍。

Siempre te envidio por tu buena suerte. 我總是因為你的好運而羨慕你。

② 時間、空間的範圍

Estudio por la mañana. 我在早上讀書。

Ayer por la tarde fui al cine. 我昨天下午去電影院。

No vi el libro por ninguna parte. 我沒在任何地方看到那本書。

Voy a dar un paseo por el parque. 我要在公園散步。

③ 單位、比率、倍數

100(cien) wones por gramo 每公克 100 韓圓

2(dos) por 3(tres) son 6(seis) 2 乘以 3 等於 6

④ 在被動態中表示行為者

Los perros son cuidados por el dueño. 那些狗受到主人的照顧。

⑤ 手段、方法

Llamaré a él por teléfono. 我會打電話給他。

07 其他介系詞 MP3 23_7

① **desde... hasta...** 從…直到…

Vamos a correr desde aquí hasta allí. 我們從這裡跑到那裡吧。

Contamos desde 1(uno) hasta 100(cien). (= Contamos de uno a cien.)
我們從 1 數到 100。

Desde 1976(mil novecientos setenta y seis) hasta hoy día 從 1976 年到今天

② **durante** 在…期間

Hemos estudiado coreano durante 5(cinco) años. 我們學韓語學了 5 年。

He estado durmiendo (durante) todo el día. 我一整天都在睡覺。

③ **excepto** 除了…以外（= menos, salvo）

Excepto mi amigo Juan, todos están listos. 除了我朋友胡安以外，所有人都準備好了。

Yo trabajo todos los días excepto el domingo. 除了星期天以外，我每天工作。

Llegaron en tiempo menos Mario. 除了馬利歐以外的人都準時到達了。

Todos han participado salvo él. 除了他以外，所有人都參加了。

④ **entre** （場所、位置、時間）在…之間

Corea está entre Japón y China. 韓國位於日本與中國之間。

Entre tú y yo 你和我之間

Entre las mujeres 在那些女人之間

Entre las 10(diez) y las 12(doce) terminaré todo. 我會在 10 點到 12 點之間全部完成。

Nosotros llegaremos entre las 3(tres) y las 4(cuatro) de la tarde.
我們會在下午 3 點到 4 點之間抵達。

Clara es amada entre sus amigos. 克拉拉在她的朋友之間受到喜愛。

⑤ **hacia** (*沒有重音符號，請注意不要和動詞 hacer 的第一人稱單數未完成過去式 hacía 混淆)

• 向著（方向）

Hacia el norte 往北

Hacia delante de la oficina 向著辦公室的前面

Vamos hacia el oeste. 我們往西去吧。

Esta ventana mira hacia el sur. 這扇窗戶面向南方。

- （時刻）…左右

  Nos encontramos el jueves hacia las 8(ocho) de la noche.
  我們星期四晚上 8 點左右見面吧。

  Hacia el mediodía 正午左右

  Hacia las 8(ocho) cenamos. 我們 8 點左右吃晚餐。

- （觀念上，對於某件事或人的想法、意見）對於…

  Yo siento el amor hacia ella. 我覺得我愛她。

  Siento mucho respeto hacia mi profesor. 我很敬重我的老師。

⑥ **hasta**

- （時間、空間、行為、數量的界限）直到…為止

  Silvia está estudiando hasta las 10(diez) de la noche. 席維雅讀書讀到晚上 10 點。

  Hasta la muerte 到死為止

  ¿Hasta cuándo es la tarea? 作業期限到什麼時候為止？

- 就連…，甚至…（incluso）

  Hasta un niño lo podrá resolver. 就連小孩也能解決這個。

  Corea hace frío hasta/incluso en febrero. 韓國到 2 月都很冷。

  He perdido hasta las monedas. 我連硬幣都不見了。

⑦ **según** 依照…，根據…

  Según el calendario lunar hoy es mi cumpleaños. 依照陰曆，今天是我的生日。

  Según la ley 根據法律

  Según la cultura coreana 依照韓國文化

  Según ellos 根據他們的說法

  Según los casos 依照情況

  Según la noticia 根據消息

  Según la edad oriental tengo 11(once) años, pero según la edad occidental tengo 10(diez) años.
  依照東方的年齡（虛歲），我現在 11 歲，但照西方的年齡我是 10 歲。

⑧ **sobre**

- 在…上面

  Su casa está sobre una colina. 他的家在山丘上。

  Estamos sobre las manos. 我們倒立著（或其他雙手在地上支撐身體的狀態）。

  Tengo mucho miedo de caminar sobre el hielo. 我很怕走在冰上。

  Hay que poner los platos sobre la mesa. 必須把盤子擺在桌上。

• 關於⋯

Mi esposo sabe mucho sobre la historia coreana. 我的丈夫很了解韓國歷史。

Estamos chateando sobre la fiesta de navidad. 我們在聊聖誕派對的事。

• 大約（時間、分量）

Silvia tendrá sobre 40(cuarenta) años. 席維雅大約 40 歲。

Llegaremos sobre las 3(tres) de la tarde. 我們大約下午 3 點會到。

• 除了⋯以外還有（además de）

Sobre ser caro, tiene mala calidad. 那不但貴，而且品質差。

Sobre ser linda, es muy buena persona. 她不但美，而且是個很好的人。

⑨ **tras**（時間、場所）⋯之後，⋯後面

El niño llora tras la puerta. 那個小孩在門後哭。

Tras este momento habrá otra buena oportunidad para ti.
在這一刻之後，你會有其他好機會。

Siempre la fortuna llega tras la adversidad. 幸運總在不幸之後到來。

⑩ **sin** 沒有⋯，不靠⋯，除去⋯

Yo no veo sin gafas. 我沒眼鏡看不到。

Sin ti no puedo vivir. 沒有你我活不下去。

Sin azúcar por favor. 請幫我去糖（不加糖）。

• **sin** + 動詞原形：在沒有做⋯的情況下

Ella trabaja sin descansar. 她不休息地工作。

Ella se fue sin comer nada. 她什麼都沒吃就走了。

⑪ **contra** 違背⋯，反抗⋯，逆著⋯

Voy contra mi voluntad. 我背著自己的意願去。

Ellos actúan contra la ley. 他們做違法的行為。

Contra el enemigo 對抗敵人

PASO.2
24 連接詞

porque：因為…

用於說明理由的連接詞

Es muy bueno porque es muy ligero. 這很好，因為很輕。

*不要和疑問句中詢問理由的 ¿por qué?（為什麼？）混淆

y：而且…，和…

可以連接單字或句子

Mitad y mitad 一半一半的

Nosotros estudiamos día y noche. 我們日夜讀書。

Yo hablo coreano e italiano. 我說韓語和義大利語。

*如果後面連接的詞開頭是 i 或 hi，連接詞 y 就改成 e

ni：也不…，既不…也不…

Yo ni fumo y ni bebo alcohol. 我不吸菸也不喝酒。

*和 y 同樣表示並列，但表示兩者皆非的意思

pero：但是…

Muchas gracias pero no acepto. 非常感謝，但我不接受。

*對於已經提過的內容，表示相反的意思

por eso (= así que)：所以…

La vida es muy corta, por eso(/así que) hay que vivir provechosamente. 人生很短，所以必須讓自己活得有價值。

*對於已經提到的內容，表示由此得到的結論

► *Yo ni fumo y ni bebo alcohol.*

► *Muchas gracias pero no acepto.*

PASO.2
25

介系詞後的代名詞形態：
介系詞 + 人稱代名詞

(en, para, de, con...)

第一人稱	（介系詞）+ ~~yo~~ → mí	（介系詞）+ nosotros(-as)
第二人稱	（介系詞）+ ~~tú~~ → ti	（介系詞）+ vosotros(-as)
第三人稱	（介系詞）+ él	（介系詞）+ ellos
	（介系詞）+ ella	（介系詞）+ ellas
	（介系詞）+ usted	（介系詞）+ ustedes

所有形容詞 mi 的 i 沒有重音，而介系詞後的代名詞 mí 則是有重音符號的 i，請注意不要搞混了。

01 例外的介系詞   MP3 25_1

con	+ mí = conmigo 和我一起
	+ ti = contigo 和你一起

Te quiero mucho a ti. 我非常愛你。

Un té para mí. 給我一杯茶。（為了我的一杯茶）

Yo pienso en ti. 我想你。

*pensar en 想⋯，pensar + inf.[原形動詞] 想做⋯

Silvia va a bailar conmigo. 席維雅要和我一起跳舞。

Nosotros deseamos ir al cine contigo. 我們想要和你去電影院（看電影）。

Él quiere ir contigo. 他想要和你一起去。

Tú estudias español con ella. 你和她一起學西班牙語。

Las rosas son para ti. 這些玫瑰花是給你的。

02 主詞是第三人稱單、複數，
且介系詞後接反身代名詞（自己）時 → sí   MP3 25_2

Ella ahorra dinero para sí. 她為她自己存錢。

Yo ahorro dinero para mí. 我為我自己存錢。（非第三人稱的情況）

Él piensa en sí. 他想他自己的事。

03 con + 第三人稱單、複數
（表示「帶在自己身邊」時）→ consigo

Mi madre lleva su maleta consigo. 我媽媽把她的行李箱帶在身邊。

pronombre de objeto directo e indirecto

26 受格代名詞

01 直接受格代名詞   MP3 26_1

區分		單數		複數	
第一人稱		me	我	nos	我們
第二人稱		te	你	os	你們
第三人稱	M (él)	lo	您 它／他	los	您們 它們／他們
	F (la)	la	您 它／她	las	您們 它們／她們

Ella te quiere mucho. 她非常愛你。

Él me ama. 他愛我。

Mi novia me ama. 我的女朋友愛我。

Silvia me invita. 席維雅邀請我。

Sofía lo tiene en su bolso. （帶著的東西是陽性名詞時用 lo，陰性名詞時用 la）
索菲亞包包裡有那個東西。

¡ojo!

受格代名詞通常放在動詞前面。但助動詞與動詞連用時，可以接在動詞後面。
• Yo no lo voy a hacer. = Yo no voy a hacerlo. 我不會去做那件事。

02 間接受格代名詞   MP3 26_2

區分	單數		複數	
第一人稱	me	對我	nos	對我們
第二人稱	te	對你	os	對你們
第三人稱	le/se	對您／他／她	les/se	對您們／他們／她們

① 間接受格代名詞和直接受格代名詞同時使用時，間接受格代名詞通常會在直接受格代名詞前面。（順序為間接－直接）

　　　Silvia me regala un coche. 席維雅送我一輛車。

　　　Él presta a mí el libro. (= Él me presta el libro.) 他借我那本書。

　　　Él me lo presta. (= Él me lo presta a mí.) 他借我那個。

② 當間接受格代名詞與直接受格代名詞同時使用，而且間接受格代名詞是第三人稱時，將間接受格代名詞 le/les 改為 se。也可以重複敘述 se 所代表的對象。

　　　El profesor enseña el coreano a los estudiantes. 老師教學生韓語。

　　　El profesor se lo enseña. (= El profesor se lo enseña a los alumnos.)
　　　老師教他們（學生）那個。

▶ *Ella presta a mí el libro.*

▶ *El profesor se lo enseña.*

27 不定代名詞／形容詞／冠詞等

 01 algo（某個東西，什麼，有點）
⇔ **nada**（沒有什麼，一點也不） MP3 27_1

- 不定代名詞，或當副詞用　　　• 沒有性、數變化　　　• 只表示事物

Hay algo en el bolso. 包包裡有東西。

¿Algo ha ocurrido? 發生了什麼嗎？

¿Hay algo en la caja? 箱子裡有什麼嗎？

Sí, hay algo. (No, no hay nada.) 有，有東西。（不，什麼也沒有。）

02 alguien（某人，有人）⇔ **nadie**（沒有人）

- 不定代名詞　　　• 只表示人物　　　• 沒有複數形
- 不會用在介系詞 de 前面　　　• 沒有性、數的區分

Alguien me llama. (= Me llama alguien.) 有人叫我。

⇔ Nadie me llama. (= No me llama nadie.) 沒有人叫我。

Alguien te llama. 有人叫你。

⇔ Nadie te llama. (= No te llama nadie.) 沒有人叫你。

03 alguno de ellos (O) / alguien de ellos (✕)

- 要表示「…中的某人」時，不用「alguien」，而要用「alguno」

Ninguno de ellos lo sabe. (○) / Nadie de ellos lo sabe. (✕) 他們之中沒有人知道。

Alguna de ellas es bonita. 她們之中有個人很漂亮。

En la calle no encuentro a ninguno de mis amigos. 我在路上沒遇到我的任何朋友。

¡ojo!

除了上述例外情況以外，表示「有人」時，使用「alguien」

- Alguien canta. 有人唱歌。
- En la calle no veo a nadie. 我在路上沒看到任何人。
- Hay alguien en la oficina. 辦公室裡有人。
- Yo veo a alguien. 我看到有個人。
- No encuentro a nadie en la cafetería. 我在咖啡店沒遇到任何人。
- Conozco a alguien en Corea. 我在韓國認識某人（有認識的人）。

04 alguno（某個〔東西〕，某個〔人〕）⇔ ninguno（一個〔人〕也〔沒有〕，任何⋯都〔不〕）

- 當不定代名詞或不定形容詞
- 表示人或事物
- 有性、數變化
- 在陽性單數名詞前去掉字尾的「-o」（algún, ningún）

— ¿Hay algún libro en la mesa? 桌上有什麼書嗎？
— Sí, hay algún libro(/alguno). 有，有一本書。
— No, no hay ningún libro(/ninguno). 沒有，什麼書也沒有。
— Veo a alguno de los niños. 我看到那些孩子裡的某一個。
— Allí vienen algunos de esa academia. 那邊來了學院裡的一些人。
— ¿Tienes algún libro cn casa? 你家裡有什麼書嗎？
— Sí, tengo alguno(/algún libro) en casa. 有，我家裡有一本書。
— No, no tengo ninguno(/ningún libro) en casa. 沒有，我家裡什麼書也沒有。

05 uno / una / unos / unas（一個，一些，某個人）　MP3 27_2

- 當不定冠詞：用法如同形容詞
- 當代名詞：常與介系詞 de 連用，單獨使用時表示「人（們）」或「一個東西」等

— Busco a uno de los italianos. 我在找那些義大利人之中的一個人。
— Hay unas 10(diez) personas. 大約有 10 個人。
— Una es de mi hermana y otra es de mi papá.
　一個是我妹妹的，另一個是我爸爸的。（uno/a... y otro/a... 一個⋯而另一個⋯）
— Allí vienen unas chicas. 那邊來了一些女孩子。
— Por lo menos no es mala una de ellas. 至少她們之中有一個人不壞。
— Uno se arrepiente siempre. 人（非特定的個人）總是會後悔。
— Cada uno tiene sus defectos y cualidades. 每個人都有他的缺點和優點。

06 cualquiera（任何一個，任何人）

- 當不定代名詞或不定形容詞
- 沒有性的變化
- 後面接任何名詞，都去掉字尾的 a：cualquier (cualesquier)
- 複數形：cualesquiera
- 當形容詞時通常用於名詞前

— Puedes llamarme a cualquier hora. 你隨時都可以打電話給我。
— El coche es conveniente para cualquier cosa. 車子對於任何事情都很便利。
— Cualquiera dice que los coreanos son amables. 大家都說韓國人很親切。

quienquiera（無論誰）

• 只有不定代名詞的用法
• 只以「quienquiera + que + 虛擬式」的形式使用（但也有例外）
• 複數形：quienesquiera
• 沒有性的變化

  Quienquiera que sea.　無論誰都可以。
  Pregúntelo a quienquiera.　請找任何人問這件事。

 dondequiera (= donde quiera)（無論哪裡）

• 主要以「dondequiera + que + 虛擬式」的形式使用

  Dondequiera que vaya yo　無論我去哪裡

 cuandoquiera (= cuando quiera)（無論何時）

• 主要以「cuandoquiera + que + 虛擬式」的形式使用

  Cuando quiera que vengas tú, tendrás el mismo resultado.
  無論你什麼時候來，都會得到一樣的結果。

 **comoquiera (= como quiera)
（無論怎麼樣，無論用什麼方式）**

• 主要以「comoquiera + que + 虛擬式」的形式使用

  Comoquiera que sea, lo hecho no tiene disculpa.
  無論這件事結果變成怎樣，已經做了的事是沒有藉口的。

(11) mismo（相同的，自己） MP3 27_3

- 名詞＋mismo：自己本身（作為強調，不是表示非特定的對象）
- 冠詞＋mismo＋名詞／名詞＋mismo：相同的
- mismo＋名詞／名詞＋mismo：就是那個（強調）
- 副詞＋mismo：表示「立刻」，沒有性的變化
- 冠詞＋mismo：同樣的東西
- 人稱代名詞＋mismo：自己

— Él tiene la misma cara que su madre. 他有張跟他媽媽一樣的臉。（非常像）

— Este móvil es el mismo de ayer. 這就是昨天那支手機。

— Ellos tienen la misma edad. 他們的年齡一樣。

— usted mismo 您自己，ella misma 她自己

— Ud. mismo tiene la culpa. 是您自己不對。

— hoy mismo 就在今天，ahora mismo 現在馬上

*① 當不定形容詞時：有性、數變化，置於名詞前或後　② un mismo＋名詞：同一個

(12) mucho（許多）

- mucho＋名詞（形容詞用法，有性、數變化）
- 當形容詞時：有性、數變化
- 當代名詞時：中性
- 動詞＋mucho（副詞用法，沒有性、數變化）
- 當副詞時：沒有性、數變化

— ¿Hay mucha gente en la calle? 街上有很多人嗎？

— Mucho se espera de ella. 對於她的期望很大。

— Hoy hay mucha gente. 今天有很多人。

— Eso dicen muchos de los visitantes. 訪客中有許多人那麼說。

— mucha gente (= muchos hombres) 許多人

— muchos de~ …中的許多

(13) poco / poca（少，一點）

- 當形容詞時：有性、數變化
- 修飾名詞時：有性、數變化
- 當副詞時：沒有性、數變化

— Aquí hay poca gente. 這裡人很少。

— Ella tiene poco, también gasta mucho. 她有的很少，而花費的很多。

— Deme un poco de agua, por favor. 請給我一點水。

— Es un poco salado. 這有點鹹。

14 otro(s) / otra(s)（其他，別的，其他人）

- 當代名詞時，與冠詞連用
- los otros / las otras / el otro / la otra：其他人事物、另一個人事物

- 當形容詞時有性、數的區分
- 有性、數變化

Ella no hacía otra cosa. （指其他事物）她當時不做其他事。

Voy otra semana. （表示未來的另一週）我下禮拜去。

otra habitación 另一個房間

¿Hay otro problema? 還有別的問題嗎？

Los otros son inteligentes. 其他人很聰明。

15 ambos (= los dos) / ambas (= las dos)（兩者〔都〕）

- 不和冠詞連用

- 有性的變化

Ambos regresaron esta noche. 兩個人都在今晚回來了。

Hay un convenio cultural entre ambos países. 兩國間有文化協議。

16 todo（整個，全部）

- 用在與冠詞、指示形容詞、所有形容詞連用的名詞之前

- 當代名詞、形容詞用

Todo el edificio es de madera. 整棟建築物都是木製的。

Trabajó todo el día. 他工作了一整天。

Todos ellos llegan mañana. 他們都是明天抵達。

*介系詞 + todo + 名詞：表示強度的慣用語
- a toda prisa 非常快地
- a toda ley 很嚴格地，公正地
- a todo correr 全速奔跑著
- a toda velocidad 全速地
- de toda confianza 非常值得信賴的，非常可靠的

17 cada（每個）

- 當不定形容詞用，沒有性、數變化，主要與單數名詞連用

Cada 2(dos) meses había inspección. 每兩個月有一次檢查。

Nosotros vamos cada tercer día a su casa. (= cada tres días 每三天) 我們每三天去他家一次。

Yo voy cada domingo a la iglesia. (= todos los domingos，較常用) 我每星期日上教會。

*cada uno 每一個（人） ・cada hora 每個小時 ・en cada cosa 在每件事 ・cada día más 每一天更加

PASO. 2

PASO.2

28 縮小詞與增大詞

diminutivos y aumentativos

❗ 縮小詞與增大詞是一種表達感覺的方式，用在感覺有點可愛或表示誇張的情況

---

01 縮小詞：表示大小較小的對象，也常作為親暱的稱呼
（大部分是去掉最後的母音，再加上字尾） MP3 28_1

~ito / ~ita	~cito / ~cita	~illo / ~illa
hijo → hijito	hombre → hombrecito	cigarro → cigarrillo
muchacho → muchachito	pobre → pobrecita	chico → chiquillo / chiquito
ahora → ahorita	madre → madrecita	bolso → bolsillo
cuchara → cucharita	mamá → mamacita	ventana → ventanilla

*hombre → hombrecito：雖然意思是「男人」，但是用來稱呼親近的朋友（男女皆可使用）

02 增大詞：大部分表示大小較大的對象，或者表示貶義 MP3 28_2

~ón / ~ona	~ote / ~ota	~azo / ~aza
cuchara → cucharón	libro → librote	hombre → hombrazo
hombre → hombrón		
soltera → solterona		libro → librazo
mujer → mujerona	cabeza → cabezota → cabezón	gallina → gallinaza

PASO.2
29 關係代名詞

 用在名詞、代名詞之後，表示「…的什麼」

 01 que MP3 29_1

• 先行詞是人或事物
• 當主格代名詞或直接受格代名詞
• 沒有複數形

A + B = C

La profesora es coreana.
（女）老師是韓國人。

La profesora viene todos los sábados.
（女）老師每星期六來。

→ La profesora que(/quien) viene todos los sábados es coreana.
每星期六來的（女）老師是韓國人。

Mi amigo va a visitarme.
我的朋友要來找我。

Mi amigo vive en Argentina.
我朋友住在阿根廷。

→ Mi amigo que vive en Argentina, va a visitarme.
我住在阿根廷的朋友要來找我。

先行詞是人的時候：que 前面不能有介系詞。如果要用介系詞的話，要改用 quien 或 el cual, el que
（a quien, al cual, al que）

• Estudio el español en la escuela. La escuela se encuentra en Madrid.
我在學校學西班牙語。學校在馬德里。
　→ La escuela en que estudio el español se encuentra en Madrid.
　　我學西班牙語的學校在馬德里。

• La pluma es negra. Yo escribo con la pluma negra. 筆是黑色的。我用黑色筆寫字。
　→ La pluma con que escribo es negra. 我用來寫字的筆是黑色。

• El amigo que(a quien, al que, al cual) visité ayer, estudia conmigo.
昨天我拜訪的朋友，和我一起讀書。

• Estos son los niños que(a quienes) yo buscaba. 這些是我之前在找的孩子們。

• Tengo un sobrino, que(a quien, al que, al cual) quiero mucho. 我有一個很喜愛的姪子。
• Este es el libro de que(del que, del cual) te hablé ayer.
這是我昨天跟你說的書。

----

quien

- 用於先行詞是人的情況
- 有複數形（quienes）
- 用於提供說明（實際上比較常用 que）
- 也有本身即為先行詞的用法：此時相當於「定冠詞 + que」
- quien 前面可以加介系詞（也可以改用 que 或 el que 表示）

El doctor Antonio quien(/que) llegó ayer va a visitarme por la tarde.
昨天抵達的安東尼博士，下午會來找我。

Mi amigo Juan quien(/que) vive en España, está aquí.
我住西班牙的朋友胡安（現在）在這裡。

Las chicas quienes(/que) acabo de conocer, son muy guapas. 我剛認識的女孩子們很美。

 「定冠詞 + que」的用法
（el que, la que, los que, las que） MP3 29_2

- 先行詞是人或事物
- 用於先行詞可能產生混淆的情況（要確實指出先行詞是哪個、哪些時使用）
- 常用於提供說明（也可以換成其他關係詞）
- el que (= quien) + 動詞：…的人

Yo conozco a la hermana del Sr. Gómez, la cual(/la que) se casó la semana pasada.
我認識戈梅茲先生上禮拜結婚的姐妹。

Escribí al hijo y a mi amiga, la que(/la cual) vivía en Madrid.
我寫（信，可以是書信或電子郵件）給兒子和住在馬德里的女性朋友。

El que(/Quien) sabe mucho, habla poco.
智者寡言。（知道得多的人話說得少。）

04 「定冠詞 + cual」的用法
（el cual, la cual, los cuales, las cuales）

- 用法與「定冠詞 + que」相同
- 用在 por, sin, tras 以及 2 個音節以上的介系詞後面

Estos son mis tesoros, sin los cuales no pude vivir.
那些是我（過去）少了哪些都會活不下去的寶物。

lo que (= lo cual)：那樣的事情，那樣的事實

• 可用於前面整個句子當先行詞的情況

Compró todos los artículos necesarios para la vida, lo cual(/lo que) alegró mucho a su familia.
他買了所有生活必備的物品，讓他的家人很高興。
（或解釋為：他買了讓他的家人高興的生活必備物品）

Los estudiantes llegaron a tiempo a la escuela, lo cual(/lo que) le agradó a su profesor.
學生們準時到校，讓他們的老師很高興。

Él me regaló una rosa, lo que(/lo cual) me alegró mucho.
他送我一朵玫瑰花，讓我很高興。
（或解釋為：他送了讓我高興的一朵玫瑰花）

如果單獨用在句子開頭的話（沒有先行詞或當先行詞的句子）：只能用 lo que（⋯的東西）
• Lo que no me gusta, es esto. 我不喜歡的是這個。

PASO.2
30 關係形容詞

MP3 30

 cuyo（意義相當於所有形容詞的關係形容詞）

• 隨著所修飾的名詞而有性、數的變化

Compré un regalo a la niña, cuyo padre estaba enfermo.
我為那女孩買了禮物，她的爸爸當時病了。

Es una famosa música, de cuya fama me acuerdo bien.
這是很有名的音樂，它的名聲我記得很清楚。

Allí veo a la chica cuya casa se quemó anoche. 我看到昨天房子失火的女孩在那裡。

Ella visita a la amiga cuyo esposo partió para Colombia.
她去拜訪丈夫去了哥倫比亞的女性朋友。

 cuanto（數量關係形容詞）
=「todo(as) + 定冠詞 + 名詞 + que」的意思
（所有…的東西）

• 隨著所修飾的名詞而有性、數的變化

Le di a ella cuanto dinero tenía. 我把我當時所有的錢都給了她。

Le di (todo) cuanto tenía yo.（與先行詞 todo 的性、數一致）我把我有的都給了他。

El Sr. Sanchez me regaló cuantos libros pedí. 桑切斯先生把我要的書都送給我了。

Desapareció cuantos libros(/todos los libros que) tenía. 我的每本書都不見了。

Perdimos cuanto(/todo lo que) teníamos. 我們失去了我們擁有的一切。

31 關係副詞

MP3 31

01 ▶ donde（場所）：先行詞是表示場所的名詞或副詞

La casa a donde voy, es muy grande. 我要去的那間房子很大。

¿Visitaste la casa donde vivíamos antes? 你去看過我們以前住的房子了嗎？

Donde hay una voluntad, hay un camino.
（表示「…的地方」，這裡的 Donde 本身即為先行詞）「有意志的地方就有道路」→有志者事竟成。

Aquí es donde nos encontrábamos antes.
（先行詞是場所副詞）這裡是我們以前遇見的地方。

· 先行詞是場所名詞的情況：可以用 en que 或 (en) donde

02 ▶ cuando（時間）：先行詞是表示時間的副詞、副詞片語、名詞

El viernes es cuando más gente viene. 星期五是最多人來的時候。

El día cuando falleció mi abuela 我奶奶過世的日子

En julio, cuando más calor hace(/hace más calor), nos vamos al campo.
在七月，也是天氣最熱的時候，我們去鄉下。

· 先行詞是時間名詞的情況：可以用 en que 或 que

03 ▶ como（方式）：
先行詞是 modo, manera, medio 等表示方式的名詞
（como 的詞性為副詞，先行詞可以是名詞或副詞）

Ya sabes la manera como salí de esa crisis económica.
你已經知道我是怎麼脫離經濟危機的。

PASO 3

「陳述式」、「命令式」、「虛擬式」這三個「式」，實際上是一種「語氣」（modo，或稱「語態」），表達說話者對於所敘述內容的態度，與「現在」、「過去」等表示時間的「時態」（tiempo）是不同的概念，而「語氣」和「時態」的各種組合都有不同的動詞變化。在本書中，我們仍將依循傳統的教學習慣，以「式」來稱呼，但隨著教學體系的不同，這三種「式」也有可能稱為「語氣」、「語態」，例如「虛擬語氣」等等。

PASO.3
32
estar 動詞

（在…，是〔心情、身體狀態等等〕）

01 主詞的位置與狀態　MP3 32_1

estar （在…，是…）	人稱代名詞	單數	人稱代名詞	複數
第一人稱	Yo 我	estoy	Nosotros, Nosotras 我們	estamos
第二人稱	Tú 你	estás	Vosotros, Vosotras 你們	estáis
第三人稱	Él 他 Ella 她 Usted/Ud. 您	está	Ellos 他們 Ellas 她們 Ustedes/Uds. 您們	están

02 estar 動詞的用法　MP3 32_2

① 位置	¿Dónde está Asia? 亞洲在哪裡？ ¿Dónde están sus amigos? 您的朋友在哪裡？
② （暫時的）狀態	Estamos contentos. 我們很滿意（高興）。
③ 已完成的狀態	La ventana está abierta. 窗戶是開的。
④ 問候	¿Cómo estás? 你好嗎？
⑤ 距離、時間 （estar a + 時間/距離）	Mi casa está a 20(veinte) minutos en coche. 我家在車程 20 分鐘的地方。
⑥ 日期	¿En qué fecha estamos? 今天日期是幾月幾號？

▶ *¿Dónde está Asia?*

▶ *La ventana está abierta.*

PASO.3

33 ser 動詞

（是…，是〔國籍〕，個性、外貌是…）

01 名字、國籍、身分等不變的東西　MP3 33_1

ser （是…）	人稱代名詞	單數	人稱代名詞	複數
第一人稱	Yo 我	soy	Nosotros, Nosotras 我們	somos
第二人稱	Tú 你	eres	Vosotros, Vosotras 你們	sois
第三人稱	Él 他 Ella 她 Usted/Ud. 您	es	Ellos 他們 Ellas 她們 Ustedes/Uds. 您們	son

02 ser 動詞的用法　MP3 33_2

① 主詞的性質（本質、　國籍、身份）

Ella es amable. 她和藹可親。
Soy coreano(a). 我是韓國人。
Somos estudiantes. 我們是學生。
*¿Cómo es ella?（外貌、個性等）她人怎麼樣？
¿Cómo está ella?（問候）她好嗎？

② 時間（是…點）

Es la 1(una) en punto. 現在 1 點整。
Son las 2(dos) menos 5(cinco) minutos.
再 5 分鐘 2 點。（現在是 1 點 55 分）
(= Son 5(cinco) para las 2(dos).)

③ 國籍、所有者、　成分（材料）

¿De dónde es Ud.? (ser de + 場所：出身地) 您是哪裡來的？
Soy de Corea. (= Soy coreano. Soy de nacionalidad coreana.) 我來自韓國（我是韓國人。我的國籍是韓國人。）

¿De quién es este libro? (ser de + 人：所有者) 這本書是誰的？
Es de mi hermano. 是我哥哥（或弟弟）的。

¿De qué es la blusa? (ser de + 事物：成分)
這件女裝上衣是什麼材質的？
Es de seda. 是絲質的。

④ 職業

¿Quién es ella? （身分）她是誰？

¿Qué es ella? （職業）她的職業是什麼？

⑤ （永恆的）真理

La nieve es blanca, pero está sucia. 雪是白的，但現在是髒的。

*永恆的真理以 ser 動詞表達，但如果是會變化的情況，則使用 estar 動詞。

▶ *Somos estudiantes.*

▶ *¿De quién es este libro?*

▶ *La nieve es blanca, pero está sucia.*

34 hay 動詞（haber 衍生的動詞）

（有⋯，存在⋯）

01 動詞變化

*表示「存在與否」時使用無人稱形 hay，文法上屬於 haber 的另一種第三人稱單數形

人稱	haber(hay) 有
Yo	he
Tú	has
Él, Ella, Usted/Ud.	ha(hay)*
Nosotros, Nosotras	hemos
Vosotros, Vosotras	habéis
Ellos, Ellas, Ustedes/Uds.	han

*因為表示「存在與否」只需要用 hay 來表達，所以音檔未收錄本表的發音。請參考第 45 單元「haber 動詞」聆聽動詞變化的發音，並了解 haber 的詳細用法。

02 hay 動詞的用法 ① MP3 34

特點	・當無人稱動詞使用，形態不隨主詞改變 ・詞序為「hay + 主詞」 ・hay +（不定冠詞 / 無冠詞 / 數字 / 量〔mucho, poco〕）+ 主詞 ・hay + 不定代名詞
	Hay libros en la silla. 椅子上有些書。 Hay unas personas en la clase. 教室裡有幾個人。 Hay mucha gente en la calle. 街上有很多人。 Hay poca gente en la calle. 街上人很少。 Hay algo en la caja. 箱子裡有東西。 No hay nada sobre la mesa. 桌子上面沒有東西。
例句	Hay alguien en el salón de clase. 教室裡有個人。（salón de clase 是拉丁美洲的說法） No hay nadie en la escuela. 學校裡沒有人。 ¿Cuántas rosas hay en el jardín? 花園裡有幾朵玫瑰花？ Hay un libro en la mesa. 桌上有一本書。

*estar：表示對象確切的人事物在哪裡時使用（主詞可以在動詞前或後）
・El libro está en la mesa. 那本書在桌上。
・Aquí está el libro. 那本書在這裡。

03 **hay** 動詞的用法 ②

hay 有（存在與否）

用法	使用無人稱形 hay 的情況	hay = 有 no hay = 沒有 hay + que + 動詞原形 =（非特定的人）必須做…
	重點不在於位置，而在於「是否存在」	
有人稱變化的情況	haber + de + 動詞原形 = 某人務必做…，必然…（見單元 45.）	
注意事項	疑問句的主詞部分使用疑問詞時，主詞會移到句首，然後才用 hay。 一般詞序則為先用 hay，然後才是主詞（不定冠詞 / 數字 / mucho / mucha + 名詞）。	
例句	—En el mar hay 3(tres) chicos. 海裡有三個男孩子。 —Hay 3(tres) chicos. 有三個男孩子。 —Hay una mesa en el salón. 客廳裡有一張桌子。 —Hay una mesa. 有一張桌子。	

▶ *En la playa hay 3(tres) chicos.*

▶ *Hay una mesa en el salón.*

hay 的後面不會接有定冠詞 el, los, la, las 的名詞。
這是因為定冠詞表示特定的對象，而 hay 是表示非特定對象的存在。

PASO.3
35

presente de los verbos regulares

陳述式現在時（規則變化型）

（表示一般事實、當下做的事，也可以搭配時間詞表示即將發生的未來事件）

01 西班牙語的動詞，依字尾可以分成三種

第 1 類	第 2 類	第 3 類
-ar	-er	-ir

02 動詞形態會隨著人稱有所不同，而規則動詞只有字尾會發生變化

- 現在式表示實際情形、經常發生的事、習慣等等

PASO.3

03 區分字根與字尾

	字根 + 字尾
hablar 講話	habl + ar
comer 吃	com + er
vivir 生活	viv + ir

04 陳述式現在時　MP3 35_1

人稱	hablar 講話	comer 吃	vivir 生活
Yo	hablo	como	vivo
Tú	hablas	comes	vives
Él, Ella, Usted	habla	come	vive
Nosotros, Nosotras	hablamos	comemos	vivimos
Vosotros, Vosotras	habláis	coméis	vivís
Ellos, Ellas, Ustedes	hablan	comen	viven

05 ▸ 其他各種規則動詞

-ar 動詞	-er 動詞	-ir 動詞
cantar 唱	vender 賣	escribir 寫
trabajar 工作	beber 喝	subir 登上，上升
estudiar 學習	deber 必須	recibir 收到，迎接
tomar 拿取，喝	aprender 學，學會	abrir 打開
desear 想要	creer 相信	unir 連接
comprar 買	correr 跑	compartir 分享
cenar 吃晚餐	comprender 了解	repartir 分開，分配
caminar 走路	temer 怕	partir 出發
pasear 散步	acceder 同意，進入	cubrir 蓋，鋪
mirar 看		

（*動詞變化表請參考下頁）

5) 其他各種規則動詞

-ar 動詞	-er 動詞	-ir 動詞
cantar	**vender**	**escribir**
canto	vendo	escribo
cantas	vendes	escribes
canta	vende	escribe
cantamos	vendemos	escribimos
cantáis	vendéis	escribís
cantan	venden	escriben
trabajar	**beber**	**subir**
trabajo	bebo	subo
trabajas	bebes	subes
trabaja	bebe	sube
trabajamos	bebemos	subimos
trabajáis	bebéis	subís
trabajan	beben	suben
estudiar	**deber**	**recibir**
estudio	debo	recibo
estudias	debes	recibes
estudia	debe	recibe
estudiamos	debemos	recibimos
estudiáis	debéis	recibís
estudian	deben	reciben
tomar	**aprender**	**abrir**
tomo	aprendo	abro
tomas	aprendes	abres
toma	aprende	abre
tomamos	aprendemos	abrimos
tomáis	aprendéis	abrís
toman	aprenden	abren
desear	**creer**	**unir**
deseo	creo	uno
deseas	crees	unes
desea	cree	une
deseamos	creemos	unimos
deseáis	creéis	unís
desean	creen	unen
comprar	**correr**	**compartir**
compro	corro	comparto
compras	corres	compartes
compra	corre	comparte
compramos	corremos	compartimos
compráis	corréis	compartís
compran	corren	comparten

cenar	comprender	repartir
ceno	comprendo	reparto
cenas	comprendes	repartes
cena	comprende	reparte
cenamos	comprendemos	repartimos
cenáis	comprendéis	repartís
cenan	comprenden	reparten

caminar	temer	partir
camino	temo	parto
caminas	temes	partes
camina	teme	parte
caminamos	tememos	partimos
camináis	teméis	partís
caminan	temen	parten

pasear	acceder	cubrir
paseo	accedo	cubro
paseas	accedes	cubres
pasea	accede	cubre
paseamos	accedemos	cubrimos
paseáis	accedéis	cubrís
pasean	acceden	cubren

mirar
miro
miras
mira
miramos
miráis
miran

PASO.3 36 ir 動詞（陳述式現在時）

（去…，要做…）

01 ir 動詞變化（不規則變化）　MP3 36_1

人稱	ir 去
Yo	voy
Tú	vas
Él, Ella, Usted	va
Nosotros, Nosotras	vamos
Vosotros, Vosotras	vais
Ellos, Ellas, Ustedes	van

02 ir 動詞的用法　MP3 36_2

① ir a + inf.[原形動詞]：要做…，預計做…

　　Voy a jugar al tenis esta tarde. 我今天下午要打網球。

*中南美洲則不會在運動名稱前面加冠詞

② ir a + 場所：去…（「ir a + 場所」中，除了自己的家以外，其他一般名詞都要加定冠詞）

Silvia y Juan van a la escuela. 席維雅和胡安去學校。

我家	Yo voy a casa. 我回家。 Yo voy a mi casa. 我去我家。
別人的家	Yo voy a la casa de Diego. 我去迪亞哥的家。 Yo voy a la casa de María. 我去瑪莉亞的家。
其他地方	Nosotros vamos al parque para jugar al fútbol. 我們去公園踢足球。 Ellos van a la librería para comprar los libros de español. 他們去書店買教西班牙語的書。

03 ir de + 行為名詞（不加定冠詞）：ir 後接行為名詞時，與介系詞 de 連用

▶ ir de compras
去購物

▶ ir de excursión
去遠足

▶ ir de paseo
去散步

▶ ir de vacaciones
去度假

▶ ir de viaje de negocios
去出差

¡ojo!

estar 後接行為名詞則表示「正在…」（與介系詞 de 連用）

estar de	compras 正在購物
	excursión 正在遠足
	paseo 正在散步
	vacaciones 正在度假
	viaje de negocios 正在出差

PASO.3
37

tener 動詞（陳述式現在時）

（擁有…，拿…，必須做…）

01 ▸ tener 動詞變化   MP3 37_1

人稱	tener 擁有，拿
Yo	tengo
Tú	tienes
Él, Ella, Usted	tiene
Nosotros, Nosotras	tenemos
Vosotros, Vosotras	tenéis
Ellos, Ellas, Ustedes	tienen

02 ▸ tener 的受詞通常不帶冠詞，但限定性或特定的受詞則會加冠詞   MP3 37_2

Tengo amigos. 我有朋友。

Ella no tiene problema. 她沒有問題。

Ella tiene una casa grande. 她有一棟大房子。

Los coreanos tienen el pelo negro. 韓國人有黑頭髮。

（身體部位的名詞要加冠詞）

03 ▸ 主要慣用句型：tener que + inf.[原形動詞]：必須做（= deber + inf.）

Uds. tienen que estudiar. 各位必須要讀書。

Tienes que escribir carta a tu familia. 你必須寫信給你的家人。

*和英文的類比：tener + que (= have to) / deber (= must)

hay que + inf.： 無主詞（使用無人稱動詞）， 表示非特定對象「必須做…」	Hay que estudiar mucho para ser gran hombre. 要當偉大的人，就必須多學習。 Hay que lavarse las manos antes de comer. 吃飯前必須洗手。
no tener que + inf.：不必做	No tengo que hacer la tarea. 我不必做作業。
tener ganas de + inf.： 想要做	Tengo ganas de comer. 我想吃。 Ella tiene ganas de bailar. 她想跳舞。 Tengo ganas de dormir. 我想睡覺。

*不要跟 hay que 搞混了！hay que 用於主詞非特定的情況，tener que 則是主詞明確的情況。

04 「**tener + 名詞**」的慣用語　MP3 37_3

tener calor（覺得）熱	tener mucho frío（覺得）很冷
no tener sueño 不睏，不想睡	tener razón 有道理
tener mucha sed 很渴	tener mucha hambre 很餓
tener cuidado 小心	tener culpa 有過失，有錯
tener paciencia 有耐心	tener gripe 得了流行性感冒
tener tos 有咳嗽症狀	tener fiebre 發燒
tener resaca 宿醉	tener dolor de cabeza 頭痛
tener estrés 有壓力	tener suerte 運氣好
tener cariño 有感情，珍愛	tener odio 憎恨
tener clase 有課（要上）	tener junta(/reunión) 有會議

▶ *tener calor*

▶ *tener mucho frío*

▶ *tener mucha hambre*

▶ *tener fiebre*

▶ *tener resaca*

PASO.3
38
ver 動詞（陳述式現在時不規則）

（看…）

 ver 和另一個動詞 mirar 的中文都翻譯成「看」，請看本頁下方，了解兩者的用法區分。

01 ver 動詞變化　MP3 38_1

人稱	ver 看，看見
Yo	veo
Tú	ves
Él, Ella, Usted	ve
Nosotros, Nosotras	vemos
Vosotros, Vosotras	veis
Ellos, Ellas, Ustedes	ven

No veo nada sin gafas. 我沒眼鏡看不見。
Ud. ve la televisión. 您看電視。

02 用法

• ver, oir（聽）等知覺動詞，接受詞和動詞原形。
　La veo gritar a ella. 我看到她對她吼叫。
　Veo a Silvia entrar en casa. 我看到席維雅進家門。

03 ver 和 mirar 的差異　MP3 38_2

ver　看電影、演唱會、電視等有劇情或動態的東西時會使用
　　Quiero ver el partido de fútbol. 我想看足球比賽。

mirar
• 看廣告傳單、物品、自己的臉（mirarse）
　Estoy mirando el anuncio del trabajo. 我在看工作（徵人）廣告。
• 「看哪！」提醒別人注意時使用
　¡Mira! 你看！／注意！

PASO.3

hacer 動詞（陳述式現在時不規則）

（做⋯，製作⋯，表示天氣）

> ! hacer 是表達「做」、「製作」、「天氣」、「時間經過」的重要動詞

01 hacer 動詞變化 MP3 39_1

人稱	hacer 做
Yo	hago
Tú	haces
Él, Ella, Usted	hace
Nosotros, Nosotras	hacemos
Vosotros, Vosotras	hacéis
Ellos, Ellas, Ustedes	hacen

02 做⋯ MP3 39_2

¿Qué hace Ud.? 您在做什麼？
Yo hago un viaje. 我在旅行。
*hacer un viaje = viajar

03 製作⋯

▶ Mi mamá hace comida en la cocina.
我媽媽在廚房做飯。

04 使某人做…（hacer + inf.[原形動詞]）

學生讀書。

MP3 39_3

（天氣名詞）。

熱

涼（或者説 está fresco）

朗（或者説 hay sol）

颱風

mpo 天氣好

mpo 天氣不好

agradable 天氣宜人

改用形容詞 nublado 表達，如下所示）

單數形）

單數形）

現在是陰天。

Está despejado.
天空晴朗。

hay + 名詞

Hay (mucho) sol.
出（大）太陽。

Hay (mucha) niebla.
有（濃）霧。

¿Qué tiempo hace hoy? 今天是什麼天氣？

¿Cómo está el tiempo de Corea? 韓國天氣怎樣？

¿Cómo es el clima de Corea? 韓國的氣候怎麼樣？

En (el) verano hace mucho calor. 夏天很熱。

Nieva mucho en (el) invierno. 冬天下很多雪。

Hace mucho frío pero tengo calor. 天氣很冷，但我很熱。

Hace mucho viento pero hay(/hace) sol. 風很大，但有太陽。

Estos días está nublado. 最近這陣子是陰天（多雲）。

El clima es caluroso. 氣候很熱。

El tiempo está bueno/nublado. 天氣很好／多雲。

*使用 sol, nubes, nieve 等名詞時：可用 hay 表達

Hay sol. 晴天。

Hay nieve. 下雪

Hay nubes. 多雲。（＝Está (muy) nublado. 天氣陰。）

 06 表達經過的時間　　MP3 39_4

¿Cuánto tiempo hace que + 動詞 ＝詢問經過的時間	¿Cuánto tiempo hace que vives en Argentina? 你住在阿根廷多久了？
hace + 期間、時間詞 + 動詞 ＝表達經過的時間	Hace 7(siete) años que vivo aquí(/acá). 我住這裡 7 年了。

 07 表達經過時間的句型：
hace 期間 que 子句 = 子句 desde hace 期間

¿Cuánto tiempo hace que estás en la ciudad? 你在市內住多久了？

Hace 6(seis) meses que estoy en la ciudad. 我在市內住 6 個月了。

Estoy en la ciudad desde hace 2(dos) meses. 我從 2 個月前開始住在市內。

 ¡ojo!

在…期初：a principios			este mes（這個月）
在…期中：a mediados	de		el invierno（冬天）
在…期末：a fines			agosto（8 月）

PASO.3

40 不規則母音變化動詞

PASO.3

> 不管字尾是 -ar、-er 還是 -ir，不規則動詞字根部分的母音會有各自的不規則變化，但在第一人稱複數形、第二人稱複數形（nosotros、vosotros）則維持原狀。
>
>
>
> Querer
> 字根 字尾
>
>
>
> 例如這裡最後一個母音在字尾，倒數第二個母音則在字根部分。

01 不規則 e → ie   MP3 40_1

人稱	querer 想要
Yo	quiero
Tú	quieres
Él, Ella, Usted	quiere
Nosotros, Nosotras	queremos
Vosotros, Vosotras	queréis
Ellos, Ellas, Ustedes	quieren

• 有同類變化的動詞   MP3 40_2

cerrar 關閉	empezar (= comenzar) 開始	sentar 使坐下	nevar 下雪	pensar 想	recomendar 推薦	despertar 使醒來
entender 理解	perder 失去	preferir 偏好	sentir 感覺	referir 提及	mentir 說謊	

*請參考本單元最後的動詞變化表

Lo siento mucho. 我很抱歉；我覺得很遺憾。

No quiero perder este tiempo. 我不想失去這段時間。

Pienso en ti. 我想你。

María prefiere el café al té. （preferir A a B：偏好 A 勝過 B）瑪莉亞偏好咖啡勝過茶。

Ya empieza(/comienza) a nevar. （empezar/comenzar a inf.[動詞原形]：開始做…）已經開始下雪了。

(02) 不規則 o → ue   MP3 40_3

人稱	**poder** 能夠…
Yo	puedo
Tú	puedes
Él, Ella, Usted	puede
Nosotros, Nosotras	podemos
Vosotros, Vosotras	podéis
Ellos, Ellas, Ustedes	pueden

• 有同類變化的動詞   MP3 40_4

contar	rogar	acordar	recordar
數算，講述	懇求	同意	記得
soñar	almorzar	mostrar	encontrar
作夢	吃午餐	讓人看，出示	找到，遇到
costar	mover	volver	llover
花費，價格多少	搬動，移動	回來	下雨
dormir	morir		
睡	死		

*請參考本單元最後的動詞變化表

Ellos pueden hacer todo.（poder + inf.[原形動詞]：能夠做）他們全都能做。

Mi hijo vuelve a casa a las 8(ocho).（volver a：回到…）我兒子 8 點回家。

A veces sueño contigo.（a veces ≒ de vez en cuando 偶爾，有時候）我有時候會夢到你。

(03) 不規則 u → ue   MP3 40_5

人稱	**jugar** 玩，參加體育比賽
Yo	juego
Tú	juegas
Él, Ella, Usted	juega
Nosotros, Nosotras	jugamos
Vosotros, Vosotras	jugáis
Ellos, Ellas, Ustedes	juegan

▶ Todos los días juego al fútbol. (jugar a：玩…，參加某種體育比賽)
我每天踢足球。

▶ jugar al béisbol
打棒球

▶ jugar al baloncesto
打籃球

▶ jugar al voleibol
打排球

▶ jugar al ajedrez
下棋

▶ jugar a las cartas
玩牌

jugar + a： 球類運動、遊戲	el béisbol 棒球 el voleibol 排球 *在中南美洲，運動可以不加冠詞（如 jugar fútbol）。	el baloncesto 籃球 el ajedrez (西洋)棋	el fútbol 足球 las cartas 紙牌
hacer： 不需要道具的運動	aerobic 有氧運動 taekwondo 跆拳道	ejercicio 運動，鍛練 yoga 瑜伽	footing 慢跑
有獨自的動詞	boxear 拳擊 patinar 溜冰	esquiar 滑雪 pescar 釣魚.	nadar 游泳

(04) 不規則 e → i   MP3 40_6

人稱	pedir 請求
Yo	pido
Tú	pides
Él, Ella, Usted	pide
Nosotros, Nosotras	pedimos
Vosotros, Vosotras	pedís
Ellos, Ellas, Ustedes	piden

· 有同類變化的動詞

servir	seguir	reír	elegir	repetir
服務，有某種用途	跟隨，遵循，繼續	笑	選擇	重覆
impedir	vestir(se)	competir	medir	gemir
防止	給…穿衣服 （給自己穿衣服）	競爭	測量，衡量	呻吟

*請參考本單元最後的動詞變化表

人稱	seguir 跟隨，遵循，繼續	reír 笑	elegir 選擇
Yo	sigo	río	elijo
Tú	sigues	ríes	eliges
Él, Ella, Usted	sigue	ríe	elige
Nosotros, Nosotras	seguimos	reímos	elegimos
Vosotros, Vosotras	seguís	reís	elegís
Ellos, Ellas, Ustedes	siguen	ríen	eligen

Sigo tu consejo. 我遵照你的建議。

Ella sigue golpeando la puerta.（seguir + 現在分詞：持續做…）她持續敲門。

Él se despide de su novia.（despedirse de：和…告別）他和他的女朋友告別。

Le pido 50(cincuenta) dólares. 我跟他要（借）50 美元。

Ella viste a sus niños. 她給她的孩子們穿上衣服。

40 不規則母音變化動詞

1) 不規則 e→ie   MP3 40_2

cerrar	empezar	sentar	nevar	pensar
cierro	empiezo	siento		pienso
cierras	empiezas	sientas		piensas
cierra	empieza	sienta	nieva	piensa
cerramos	empezamos	sentamos		pensamos
cerráis	empezáis	sentáis		pensáis
cierran	empiezan	sientan		piensan

recomendar	despertar	entender	perder	preferir
recomiendo	despierto	entiendo	pierdo	prefiero
recomiendas	despiertas	entiendes	pierdes	prefieres
recomienda	despierta	entiende	pierde	prefiere
recomendamos	despertamos	entendemos	perdemos	preferimos
recomendáis	despertáis	entendéis	perdéis	preferís
recomiendan	despiertan	entienden	pierden	prefieren

sentir	referir	mentir
siento	refiero	miento
sientes	refieres	mientes
siente	refiere	miente
sentimos	referimos	mentimos
sentís	referís	mentís
sienten	refieren	mienten

2) 不規則 o→ue   MP3 40_4

contar	rogar	acordar	recordar	soñar
cuento	ruego	acuerdo	recuerdo	sueño
cuentas	ruegas	acuerdas	recuerdas	sueñas
cuenta	ruega	acuerda	recuerda	sueña
contamos	rogamos	acordamos	recordamos	soñamos
contáis	rogáis	acordáis	recordáis	soñáis
cuentan	ruegan	acuerdan	recuerdan	sueñan

almorzar	mostrar	encontrar	costar	mover
almuerzo	muestro	encuentro	cuesto	muevo
almuerzas	muestras	encuentras	cuestas	mueves
almuerza	muestra	encuentra	cuesta	mueve
almorzamos	mostramos	encontramos	costamos	movemos
almorzáis	mostráis	encontráis	costáis	movéis
almuerzan	muestran	encuentran	cuestan	mueven

volver	llover	dormir	morir
vuelvo		duermo	muero
vuelves		duermes	mueres
vuelve	llueve	duerme	muere
volvemos		dormimos	morimos
volvéis		dormís	morís
vuelven		duermen	mueren

4) 不規則 e→i   MP3 40_6

servir	seguir	reír	elegir	repetir
sirvo	sigo	río	elijo	repito
sirves	sigues	ríes	eliges	repites
sirve	sigue	ríe	elige	repite
servimos	seguimos	reímos	elegimos	repetimos
servís	seguís	reís	elegís	repetís
sirven	siguen	ríen	eligen	repiten

impedir	vestir	competir	medir	gemir
impido	visto	compito	mido	gimo
impides	vistes	compites	mides	gimes
impide	viste	compite	mide	gime
impedimos	vestimos	competimos	medimos	gemimos
impedís	vestís	competís	medís	gemís
impiden	visten	compiten	miden	gimen

陳述式現在時（不規則變化型）

（表示一般事實、當下做的事，也可以搭配時間詞表示即將發生的未來事件）

 01 完全不規則動詞　MP3 41_1

人稱	ser 是…	estar 在，是（狀態）	ir 去	haber 完成時助動詞
Yo	soy	estoy	voy	he
Tú	eres	estás	vas	has
Él, Ella, Usted	es	está	va	ha
Nosotros, Nosotras	somos	estamos	vamos	hemos
Vosotros, Vosotras	sois	estáis	vais	habéis
Ellos, Ellas, Ustedes	son	están	van	han

*haber：主要作為現在完成時、過去完成時的助動詞使用

 02 第一人稱以 **-go** 結尾的不規則動詞　MP3 41_2

人稱	tener 擁有，拿	venir 來	decir 說	oir 聽
Yo	tengo	vengo	digo	oigo
Tú	tienes	vienes	dices	oyes
Él, Ella, Usted	tiene	viene	dice	oye
Nosotros, Nosotras	tenemos	venimos	decimos	oímos
Vosotros, Vosotras	tenéis	venís	decís	oís
Ellos, Ellas, Ustedes	tienen	vienen	dicen	oyen

人稱	hacer 做，製作	poner 放置	salir 離開
Yo	hago	pongo	salgo
Tú	haces	pones	sales
Él, Ella, Usted	hace	pone	sale
Nosotros, Nosotras	hacemos	ponemos	salimos
Vosotros, Vosotras	hacéis	ponéis	salís
Ellos, Ellas, Ustedes	hacen	ponen	salen

人稱	traer 帶來	valer 價值	obtener 獲得
Yo	traigo	valgo	obtengo
Tú	traes	vales	obtienes
Él, Ella, Usted	trae	vale	obtiene
Nosotros, Nosotras	traemos	valemos	obtenemos
Vosotros, Vosotras	traéis	valéis	obtenéis
Ellos, Ellas, Ustedes	traen	valen	obtienen

 03 只有第一人稱單數不規則變化的動詞（包含上列動詞）　MP3 41_3

ver 看	poner 放置	saber 知道（資訊）	hacer 做，製作
veo	pongo	sé	hago
ves	pones	sabes	haces
ve	pone	sabe	hace
vemos	ponemos	sabemos	hacemos
veis	ponéis	sabéis	hacéis
ven	ponen	saben	hacen

conocer 知道，了解，認識（有過經驗）	salir 離開	valer 價值	traer 帶來
conozco	salgo	valgo	traigo
conoces	sales	vales	traes
conoce	sale	vale	trae
conocemos	salimos	valemos	traemos
conocéis	salís	valéis	traéis
conocen	salen	valen	traen

以 -cer, -cir 結尾的動詞，第一人稱單數形會變成 -zco；
以 -ger, -gir 結尾的動詞，第一人稱單數形會變成 -jo。

現在分詞（動副詞，或稱進行分詞）

（正在做…，一邊做著…）

> ❗ 編註：「現在分詞」的正式名稱是「動副詞」，表示它是動詞轉化為副詞功能的形態。本書為了讓初學者容易理解它的使用時機和意義，所以稱為「現在分詞」。另外，也有其他文法書稱為「進行分詞」。

01 現在分詞的形態：表示正在做什麼，或者表示同時做兩件事　MP3 42_1

	-ar 動詞	-er 動詞	-ir 動詞
	+ -ando	**+ -iendo**	
規則型	hablar → hablando	comer → comiendo	vivir → viviendo
	estudiar → estudiando	aprender → aprendiendo	escribir → escribiendo

02 不規則型　MP3 42_2

ir 動詞字根變化：現在分詞的母音變化為 e→i、o→u

不規則型 ①	venir → viniendo 來	sentir → sintiendo 感覺	pedir → pidiendo 請求
	seguir → siguiendo 跟隨，繼續	decir → diciendo 說	repetir → repitiendo 重覆
	vestir → vistiendo 穿衣服	servir → sirviendo 服務	divertir → divirtiendo 娛樂，使開心
	dormir → durmiendo 睡	morir → muriendo 死	poder → pudiendo 能夠

母音直接接 er, ir 的動詞：變化為 -yendo

不規則型 ②	leer → leyendo 讀	traer → trayendo 帶來	huir → huyendo 逃
	oír → oyendo 聽	creer → creyendo 相信	ir → yendo 去

PASO.3

03 用法　MP3 42_3

① 沒有性、數變化，性質為副詞，表示持續動作或狀態
② estar + 現在分詞：進行中的動作（正在做…）

▶ Estoy estudiando.
我正在讀書。

▶ Estoy leyendo una novela.
我在讀一本小説。

▶ Las chicas están saltando.
女孩子們正在跳。

El cantante está cantando. 那位歌手正在唱歌。

Ellas están descansando ahora en casa. 她們現在正在家裡休息。

③ continuar, seguir + 現在分詞：持續做…

Ella sigue trabajando. 她一直工作。

Sí, sigue avanzando... 對，您一直往前走…（對於別人問路的回答）

Sigue lloviendo. 一直在下雨。

Un niño sigue golpeando la puerta. 有個小孩一直在敲門。

④ ir, venir 等動詞 + 現在分詞：表示同時的狀態（一邊…一邊…；「ir + 現在分詞」也可以表示「逐漸…」的意思）

▶ Va anocheciendo.
天色漸晚。

▶ Vienen tomando helado.
她們吃著冰淇淋過來。

▶ Él trabaja escuchando la música.
他聽著音樂工作。

Comemos hablando. 我們一邊講話一邊吃飯。

Ellos vuelven a casa andando. 他們走路回家。

Ellas pasean cantando. 她們一邊唱歌一邊散步。

Silvia baja las escaleras cantando. 席維雅一邊唱歌一邊下樓梯。

⑤ 單獨使用的情況：分詞構句（可理解為時間、理由、條件、狀態、讓步等等）

Andando rápidamente, Ud. puede llegar a la escuela a tiempo.
走得快的話，您可以準時抵達學校。

Estudiando mucho el español, pueden vivir en España.

(= Si Uds. estudian mucho el español, pueden vivir en España.)
各位努力學習西班牙語的話，就能在西班牙生活。

PASO.3

ASO.3

43 gustar 動詞

（喜歡〔使…感到喜歡〕，只會用到第三人稱的形態）

presente del
verbo GUSTAR*

MP3 43_1

Me + gusta + la flor	= （直譯）對我 + 使喜歡 + 這朵花
間接受格代名詞　第三人稱單數形　單數	（意義）我喜歡這朵花。
Me + gustan + las flores	= （直譯）對我 + 使喜歡 + 這些花
間接受格代名詞　第三人稱複數形　複數	（意義）我喜歡這些花。

*直譯的話是「B 使 A 感到喜歡」（意思則是「A 喜歡 B」）

01 感到喜歡的人，雖然在中文認知上是主詞，但在西語文法裡是受詞，所以要使用「間接受格代名詞」，而不是主格代名詞

me 對我	te 對你	le 對他、她、您
nos 對我們	os 對你們	les 對他們、她們、您們

*也請參考第 26 單元對受格代名詞的介紹

02 動詞後的名詞是文法上的主詞，而會使用定冠詞

Me gusta la película. 我喜歡那部電影。

Me gusta el libro. 我喜歡那本書。

03 句型 = (a + 介系詞後的代名詞形態或專有名詞) + (no) + 間接受格代名詞 + gusta(n) + 主詞

*請參考第 25 單元「介系詞後的代名詞形態」。句首的「a...」是用來確切表示感到喜歡的人是誰，和後面的間接受格代名詞所指的對象相同。

▶ A ella no le gusta la flor.
她不喜歡那朵花。

▶ A Dorosi le gusta la flor.
朵樂希喜歡那朵花。

12

04 動詞通常只會用到第三人稱的單、複數型（gusta, gustan），不標明主詞時可從動詞形態看出單複數

Sí, me gusta. 是的，我喜歡。

No, no me gusta. 不，我不喜歡。

不過，也有可能使用其他人稱的主詞，如主詞是 tú 時，就要使用第二人稱變化形：「Me gustas tú」

 05 主詞為原形動詞時，即使有兩個以上，也使用第三人稱單數的 gusta

Me gusta estudiar español. 我喜歡學西班牙語。

Me gusta cantar y bailar. 我喜歡唱歌跳舞。

 06 文法上的主詞是表示行為的名詞時，也會使用定冠詞

Me gusta el viaje. 我喜歡那趟旅行。

07 其他類似 gustar、文法結構和一般相反的動詞　　MP3 43_2

encantar 使入迷

　Me encantan las películas románticas. 我很愛浪漫（愛情）電影。

doler 使感到痛

　Me duelen los ojos. 我眼睛痛。

interesar 使有興趣

　¿Te interesan los deportes? 你對體育運動有興趣嗎？

parecer 使覺得，似乎

　Me parece muy buena idea. 我覺得是很好的想法。

extrañar 使感覺奇怪，使驚訝

　Me extraña su actitud. 我覺得您的態度很怪。

pasar 發生

　¿Qué (te) pasa? （你）怎麼了；發生了什麼？

faltar 缺少

　Me falta dinero. 我缺錢。

apetecer　想吃，想做，想要

　　— ¿Os apetece ir al cine?　你們想去電影院嗎？

dar vergüenza　使羞恥，使不好意思

　　— Me da mucha vergüenza.　那讓我很不好意思。

dar sorpresa　使驚訝

　　— Ella siempre me da sorpresa.　她總是帶給我驚喜。（她總是給我驚喜禮物。）

dar miedo　使害怕

　　— Me da mucho miedo.　（某個東西使）我很害怕。

dar asco　使厭惡

　　— ¿Te da asco?　那讓你覺得厭惡嗎？

dar 後面接名詞的慣用語，因為是慣用說法的關係，所以其中的名詞不加定冠詞。tener 後面接名詞的慣用語也是一樣。（參考第 37 單元「tener 動詞」）

08 其他沒有主詞或以原形動詞為主詞的表達方式，也用第三人稱單數形（ser, bastar, venir, convener, importar, parecer, pasar） MP3 43_3

Me es fácil tocar la guitarra.	Me es fácil/difícil（簡單／難）+ 原形動詞 對我來說彈吉他很簡單。（我彈吉他很容易）
Me parece bien/mal.	我覺得好／不好；（對我來說）看起來，似乎…
Me va bien/mal.	我（現在狀態、生活）很順利／不順利。
¿Te viene bien por la noche?	晚上你可以嗎？（在晚上的話對你來說適合嗎？）
No me importa.	我無所謂。（對我來說不要緊。）
¿Qué te pasa? (¿Qué pasa?)	你怎麼了？（你發生了什麼事？）

09 dar 和 tener 的慣用語　MP3 43_4

me da miedo	害怕	tengo miedo
me da sueño	覺得睏	tengo sueño
me da vergüenza	覺得羞恥、不好意思	tengo vergüenza

Me gusta la rosa. (Me gustan las rosas.) 我喜歡那朵玫瑰花。（括號內則表示複數的玫瑰花）

Me gusta la música. (= A mí me gusta la música.) 我喜歡音樂。

(A ti) te gustan la novela y la revista. 你喜歡那本小說和雜誌。

A María le gustan las rosas. (= Le gustan a María las rosas.) 瑪麗亞喜歡那些玫瑰花。

Nos gusta mucho nadar y patinar. 我們很喜歡游泳和溜冰。

¿Le gusta a Ud. la música? 您喜歡音樂嗎？

Sí, me gusta mucho. 是的，我很喜歡。

¿Os gusta cantar? 你們喜歡唱歌嗎？

No, no nos gusta cantar. 不，我們不喜歡唱歌。

A ellos les gusta cantar y bailar. / Les gusta a ellas cantar y bailar. 他們／她們喜歡唱歌跳舞。

A mí no me gustan las películas. 我不喜歡那些電影。

A ti no te gustan las novelas. 你不喜歡那些小說。

Me encanta la música. 我很愛音樂。

Nos encanta jugar al fútbol. 我們很愛踢足球。

Nos interesa verlo. 我們有興趣看那個。

A Mario le interesa esa novela. 馬力歐對那部小說有興趣。

¿Qué le parece a Ud.? / ¿Qué te parece? 您覺得怎樣？／你覺得怎樣？

Me parece bien. 我覺得不錯。

¿Te falta algo? 你缺什麼嗎？

Me faltan 100(cien) dólares. 我缺 100 美元。

¿Qué te pasa? 你怎麼了？

No, no me pasa nada. 沒有，我沒事。

Me extraña su actitud. 我覺得他的態度很奇怪。

A ellas les hace falta dinero. 她們需要錢。

Me da miedo ese perro. 我怕那隻狗。

Me da vergüenza pedírtelo. 拜託你那件事，我很不好意思。

¿Te duele la cabeza? (= ¿Tienes dolor de cabeza?) 你頭痛嗎？

Sí, me duele mucho (la cabeza). (= Sí, tengo mucho (dolor de cabeza).)
對，我覺得（頭）很痛。

A Carlos le duelen los dientes. 卡洛斯牙齒痛。

Me duelen mucho la cabeza y el vientre(/estómago). 我的頭和肚子（胃）很痛。

間接受格代名詞前面經常以「介系詞 + 介系詞後的代名詞」（a mí / a ti / a él / a ella...）重複表示
同樣的人物，可以作為強調，或確切表示這個人是誰，但意義不變。

PASO.3
44
反身代名詞與反身動詞
（對自己…，對彼此…）

 01 反身動詞的各種動詞變化　　MP3 44_1

人稱代名詞	反身代名詞 + levantar = levantarse（起床）	反身代名詞 + lavar = lavarse（洗）
Yo	me + levanto	me + lavo
Tú	te + levantas	te + lavas
Él, Ella, Usted	se + levanta	se + lava
Nosotros, Nosotras	nos + levantamos	nos + lavamos
Vosotros, Vosotras	os + levantáis	os + laváis
Ellos, Ellas, Ustedes	se + levantan	se + lavan

• 為了讓初學者容易理解，本書將這類動詞稱為「反身動詞」（有些文法書稱為「自復動詞」或「有代／連代動詞」），因為這類動詞最具代表性的意涵是「主詞對自己做某個行為」。也就是說，這種動詞經常可以理解為「對自己…」的意思。例如西班牙語表示「洗」的動詞是 lavar，但人自己盥洗時，並不是去洗其他的對象，所以要加上反身代名詞，將 lavar 變成 lavarse。

*伴隨動詞出現的反身代名詞有 me/te/se/nos/os/se 等形式，原形動詞則是使用 se 作為代表性的形式來表示

 02 反身動詞的形成方式

及物動詞 + 反身代名詞 = 反身動詞

lavar 洗　　　　+ se 對自己 (me/te/se/nos/os/se)　　　= lavarse 洗（反身）

(Yo) Me lavo la cara. 我洗臉。（反身）

(Tú) Te lavas la cara. 你洗臉。（反身）

(Él) Se lava la cara. 他洗臉。（反身）

Mi padre lava su coche. 我爸爸洗他的車。（一般及物動詞用法）

• 反身動詞的句子裡，身體部位的名詞使用定冠詞（el/los/la/las），而不是所有形容詞（mi/tu/su…）來表達，這是因為反身代名詞 se 已經表達了「對自己」的意思。

Me lavo la cara. (○) / Me lavo mi cara. (×)

03 各種反身動詞 MP3 44_2

levantarse 起床，起身	**lavarse** 洗	**maquillarse** 化妝	**sentarse** 坐
acostarse 就寢，躺下	**llamarse** 名叫…	**bañarse** 沐浴	**vestirse** 穿衣服
despertarse 醒來	**ducharse** 淋浴	**peinarse** 梳頭	**afeitarse** 刮鬍子

*動詞變化參考本單元後的頁面

Me levanto a las 6(seis) de la mañana. 我（自己）早上 6 點起床。

¿Cómo se llama Ud.? 您叫什麼名字？（您怎麼叫您自己？）

Me llamo Silvia. 我叫席維雅。（我叫我自己席維雅。）

Me acuesto ahora para levantarme temprano. 為了早起，我現在要睡覺。

① 表示對自己的身體部位進行的行為 MP3 44_3

lavarse 洗	**limpiarse** 清潔	**ponerse** 穿，戴	**quitarse** 脫掉

*這種用法的受詞總是使用定冠詞

▶ Me lavo las manos.
我洗手。

▶ Me limpio los dientes
después de desayunar.
我吃早餐後刷牙。

▶ Ud. se pone el sombrero.
您戴上帽子。

▶ Silvia se quita los guantes.
席維雅脫掉手套。

▶ Me quito los zapatos.
我脫掉鞋子。

▶ Ella se pone nerviosa.
（ponerse＋形容詞：變得…）
她緊張起來。

② 表示相互動作　　MP3 44_4

amarse 相愛	**mirarse** 彼此互看	**respetarse** 互相尊重	**saludarse** 互相問候

*表示兩人以上的主詞「彼此…」的意思，以第一、第三人稱複數為主。

Juan y Elisa se aman. 胡安和艾莉莎彼此相愛。

Nos amamos unos a otros. 我們彼此相愛。

Mario y yo nos miramos. 馬力歐和我彼此對看。

Ellos se respetan siempre. 他們總是互相尊重。

Elisa y Mario se saludan. 艾莉莎和馬力歐互相問候。

Los boxeadores se pegan bien. 拳擊手互相痛打對方。

Los novios se miran y se abrazan. 情侶注視彼此並且擁抱。

③ 表示相當於被動態的意義（= ser, estar + p.p.）：只用於第三人稱，主詞通常放在動詞後面

Se abren las puertas por Mario. (= Las puertas son abiertas por Mario.)
那些門被馬力歐打開了。

Se prohibe fumar. 禁止吸菸。

Se venden verduras en la verdulería. 蔬菜店裡賣蔬菜。

En España se habla español. 在西班牙說的是西班牙語。

En Sur de América se usa castellano.
在南美洲用的是卡斯提亞語（即現今最通用的西班牙語，在南美洲習慣以這個名字稱呼）。

Se dice(/dicen) que Perú es un país hermoso. 人稱祕魯是美麗的國家。

④ 將不及物動詞變成反身形式，表示強調（irse, morirse, volverse）

¿Ya te vas? 你要走了嗎？

Sí, me voy. 對，我要走了。

Me muero de sed. 我渴死了。

Me vuelvo loca por mucho trabajo. 我工作多到要瘋了。

⑤ 無人稱的 se：表示做某件事的非特定一般人，與表示特定主詞的用法不同。是很常使用的禮貌
表達方式。

¿Se puede entrar? 可以進去嗎？

⑥ 經常與反身代名詞連用的動詞　　MP3 44_5

acordarse de ~ (= recordar) 記得…	arrepentirse de ~ 後悔…	atreverse a ~ 敢（做）…	dignarse a ~ 屈尊去做…	decidirse a ~ 決定…
echarse a ~ 開始…	tratarse de ~ （內容上）關於…	reírse de ~ 笑…	olvidarse de ~ 忘記…	encargarse de ~ 負責…

No me acuerdo de nada. 我什麼都不記得。

Ellas se arrepienten mucho. 她們非常後悔。

Mario se atreve a competir conmigo. 馬力歐敢和我競爭。

▶ *arrepentirse de ~*

▶ *echarse a ~*

▶ *reírse de ~*

3) 各種反身動詞　　MP3 44_2

levantarse	lavarse	maquillarse	sentarse
me levanto	me lavo	me maquillo	me siento
te levantas	te lavas	te maquillas	te sientas
se levanta	se lava	se maquilla	se sienta
nos levantamos	nos lavamos	nos maquillamos	nos sentamos
os levantáis	os laváis	os maquilláis	os sentáis
se levantan	se lavan	se maquillan	se sientan
acostarse	**llamarse**	**bañarse**	**vestirse**
me acuesto	me llamo	me baño	me visto
te acuestas	te llamas	te bañas	te vistes
se acuesta	se llama	se baña	se viste
nos acostamos	nos llamamos	nos bañamos	nos vestimos
os acostáis	os llamáis	os bañáis	os vestís
se acuestan	se llaman	se bañan	se visten
despertarse	**ducharse**	**peinarse**	**afeitarse**
me despierto	me ducho	me peino	me afeito
te despiertas	te duchas	te peinas	te afeitas
se despierta	se ducha	se peina	se afeita
nos despertamos	nos duchamos	nos peinamos	nos afeitamos
os despertáis	os ducháis	os peináis	os afeitáis
se despiertan	se duchan	se peinan	se afeitan

haber 動詞（現在時）

> haber 是西班牙語中用法最多樣的動詞。除了表達「有、舉行、存在（表示有無、存在與否）」等意義以外，也是組成完成時句型時最常使用的功能性詞彙，所以必須把它的各種用法徹底學會。

MP3 45_1

人稱	haber
Yo	he
Tú	has
Él, Ella, Usted	ha
Nosotros, Nosotras	hemos
Vosotros, Vosotras	habéis
Ellos, Ellas, Ustedes	han

 ¡ojo!

表示「存在與否」時使用無人稱形 hay，文法上屬於 haber 的另一種第三人稱單數形
• ¿Hay algún supermercado cerca de aquí? 這裡附近有什麼超市嗎？

01 haber + 過去分詞：完成時

haber 現在時 + 過去分詞 = 現在完成時
haber 未來時 + 過去分詞 = 未來完成時
haber 過去未完成時 + 過去分詞 = 過去完成時
haber 虛擬式現在時 + 過去分詞 = 虛擬式現在完成時
haber 條件式 + 過去分詞 = 複合條件式
haber 虛擬式過去未完成時 + 過去分詞 = 虛擬式過去完成時

（上表除虛擬式、條件式外，皆為陳述式）

02 haber de + inf.（動詞原形）：務必⋯，必須⋯ MP3 45_2

Ella ha de llegar a las 2(dos). 她必須 2 點到。

Hemos de ir a su casa el domingo. 我們星期日要去您家。

He de escribir una carta a mi novia. 我得寫封信給我女朋友。

03 ▸ hay（haber 的無人稱形）

Hay libros en la mesa. 桌上有一些書。

¿Qué distancia hay de aquí(/acá) a la estación? 從這裡到車站有多少距離？

Hay unos 3(tres) kilómetros. 大約有 3 公里。

04 ▸ hay que + inf.：（非特定的人）必須…

Hay que lavarse las manos antes de comer. 吃飯前要洗手。

Hay que estudiar mucho para el futuro. 為了將來，必須努力學習。

Hay que dormir antes de las 10(diez). 必須在 10 點前睡覺。

▶ *Hay libros en la mesa.*

▶ *Hay que estudiar mucho para el futuro.*

過去分詞（或稱完成分詞）
(participio pasado : p.p.)

> 過去分詞可修飾名詞，用法類似形容詞，並且和名詞的性、數一致。過去分詞也可以和 haber, estar, ser 等動詞連用，形成完成時或被動態的句子。

01 當形容詞用時，和被修飾的名詞性、數一致　　MP3 46_1

La puerta está abierta. 門是開著的。
la puerta abierta 開著的門

02 用於完成時的句子

¿Has terminado tus deberes? 你完成你的作業了嗎？

03 已經名詞化的詞彙

▸ parada
（公車）停靠站

▸ entrada
入口

▸ salida
出口

04 已經習慣當形容詞用的詞彙

▸ casado/a
已婚的

▸ enfadado/a
生氣的

05 規則形 MP3 46_2

ar 動詞	er 動詞	ir 動詞
+ ado	+ ido	
hablar → hablado	comer → comido	vivir → vivido

06 不規則形

escribir → escrito 寫	abrir → abierto 打開	cubrir → cubierto 蓋，鋪	morir → muerto 死	poner → puesto 放，使穿上 （衣服）
ver → visto 看	decir → dicho 說，告訴	hacer → hecho 做，製作	volver → vuelto 回來，回去	satisfacer → satisfecho 滿足
resolver → resuelto 解決	romper → roto 打破，砸碎	freír → frito 油炸，煎		

07 用法 MP3 46_3

① haber + 過去分詞（沒有性、數變化）：完成時

　　Ella ha estudiado coreano. 她學習過韓語了。

　　Él ha estudiado español. 他學習過西班牙語了。

　　Yo había escrito una carta a Juan. 我曾經寫過一封信給胡安。（過去完成）

　　He escrito muchas cartas. 我寫了很多信。

　　He estado en España. 我待過西班牙。

② 當形容詞用的情況（有性、數變化）

　　La casa vendida 賣掉的房子

　　La semana pasada fui a España. 上禮拜我去了西班牙。

　　Tengo un espejo roto. 我有一面破掉的鏡子。

　　Ellos cantan sentados. 他們坐著唱歌。

③ ser + p.p.（與主詞性、數一致）+ por(/de/en/entre) 被動句型：「被…」

estar + p.p.（與主詞性、數一致）：表示完成的狀態

La puerta es abierta por el viento. 門被風打開了。

La puerta es cerrada por Juan. 門被胡安關上了。

Los árboles son cuidados. 那些樹有人照顧。

Las tiendas están cerradas. 那些商店關著。

La ventana está abierta. 窗戶開著。

Los estudiantes están sentados. 學生們坐著。

Silvia es amada por sus padres. 席維雅的父母愛她（席維雅被她的父母所愛）。

西班牙語也有類似英語的分詞構句，這時候的過去分詞有性、數變化。
• Acabada la cena, se marcharon. 當晚餐結束，他們就走了。（注意前面的分詞和「晚餐」的性、數一致）

④

tener + p.p.		有做…，做好了…
dejar + p.p.	+ 受詞	使成為某個完成狀態
llevar + p.p.		已經做了…（多少）

上表中的 p.p.，和受詞的性、數一致。
• Tengo escrita una carta. 我寫好了一封信。
• Tengo vendida la casa. (= La tengo vendida.) 我把房子賣掉了。
• Dejo abiertas las ventanas. (= Las dejo abiertas.) 我把那些窗戶打開了。

PASO.3

47 陳述式現在完成時

（做過…，已經…，做了…）

 現在完成時（haber + 過去分詞）
現在完成時表示現在之前發生的事情。當說話者使用現在完成時，帶有「過去所發生的事，結果一直影響到現在」的含意。

01 助動詞 haber + 過去分詞　MP3 47_1

① 動詞詞尾是 -ar 時，過去分詞形是 -ado；詞尾是 -er/-ir 時，過去分詞形是 -ido。

人稱	haber	
Yo	he	
Tú	has	
Él, Ella, Usted	ha	**+ hablado, comido, vivido**
Nosotros, Nosotras	hemos	
Vosotros, Vosotras	habéis	
Ellos, Ellas, Ustedes	han	

（*參考單元 46. 過去分詞）

② 現在完成時的典型用法是和 este año（今年）、este mes（這個月）、esta mañana（今天早上）、esta semana（這禮拜）、ya（已經）、todavía（尚未）等詞彙連用，表示與現在有關聯的過去事件、經驗，如「做過…」、「去過…」等等。

02 句型

haber 現在時 + 過去分詞

 ¡ojo!

• 過去分詞：沒有性、數變化
• haber 和過去分詞之間不能插入任何成分

03 ▶ **用法**　MP3 47_2

① 完成（完成了…）

> Hemos leído muchas novelas. 我們讀了很多小説。
>
> He comido pan. 我吃了麵包。

② 經驗（做過…）

> He estado en Madrid. 我待過馬德里。
>
> ¿Has visto la película? 你看過那部電影嗎？

③ 結果（…之後的狀態）

> El avión ha partido. 飛機已經出發了。

④ 持續（持續了…，表示到說話的時間已經持續多久）

> He estudiado 8(ocho) horas. 我已經念書念了 8 小時。
>
> He estado de pie por lo menos 2(dos) horas. 我已經站了至少 2 小時。

⑤ 最近的過去（今天早上、這禮拜、這個月、今年、今年春天…）

> Esta tarde he almorzado temprano. 今天下午我很早就吃了午餐。
> （編註：西班牙習慣的午餐時間是下午 2 點左右）
>
> Este otoño ha sido seco. 今年秋天很乾燥。
>
> Hoy he recibido una carta. 今天我收到一封信。
>
> Esta mañana he estado muy ocupado. 今天早上我非常忙。

04 ▶ **有完成意義的慣用語（但不是用現在完成時表達）**

① acabar de + inf.（動詞原形）：剛做了、剛做完…

> El jefe acaba de salir. 老闆剛剛離開了。
>
> Acabo de terminar toda la tarea. 我剛做完所有作業。

② venir + 過去分詞：變得…

> Viene cansado. 他累了。
>
> Ellas vienen cansadas. 她們累了。

PASO.3

48 被動態；感官動詞等後接原形的動詞

MP3 48

01 被動態句型

① ser + 過去分詞（+ por）：單純的被動態句型
② estar + 過去分詞（+ por）：表示行為、動作的完成狀態（即使是現在時也表示完成狀態）
③ 過去分詞：和主詞的性、數一致

Esta puerta es abierta por el señor Martín. 這扇門被馬丁先生打開了。

Esta ventana está abierta por el señor López. 這扇窗被羅培茲先生打開了。

La tienda ya está cerrada por el dueño. 商店已經被店主關起來了。

Los niños son amados por(/de) sus padres. 孩子們受到父母所愛。

Ellos son queridos entre sus compañeros. 他們在同事間受到喜愛。

02 主動態與被動態的差異

主動態	被動態 ser + 過去分詞 estar + 過去分詞
El Sr. López escribe el correo electrónico. 羅培茲先生寫電子郵件。	El correo está escrito por el Sr. López. 郵件是羅培茲先生寫的。
Juan ama a Sofía. 胡安愛索菲亞。	Sofía es amada por Juan. 索菲亞被胡安所愛。
Sofía abre la puerta. 索菲亞開門。	La puerta está abierta por Sofía. 門被索菲亞打開了。

03 感官動詞等後接原形的動詞

• ver, oir, hacer, mandar, ordenar, prohibir, permitir, dejar 等動詞後面會接原形動詞當受詞，也會有直接受詞。

Veo entrar a Juana. (= La veo entrar.) 我看到胡安娜進去。（我看到她進去。）

Oigo cantar a ella. (= La oigo cantar.) 我聽到她唱歌。

Hago estudiar a mi amigo. (= Le hago estudiar.) 我讓我朋友念書。（我讓他念書。）

Mi padre prohibe fumar a su hijo. (= Mi padre le prohibe fumar.)
我父親禁止孩子吸菸。（我父親禁止他吸菸。）

Ella me permite vivir sola. 她允許我自己生活。

Dejamos estudiar a ellos. (= Los dejamos estudiar.) 我們讓他們念書吧。

PASO.3

49 陳述式簡單過去時（不定過去時）

（之前做…，做了…）

確定過去事件結束時使用

• 表示過去某個時間點發生的事件（短暫、暫時性的事件）
• 提及過去特定期間發生的事實
• 表示主詞已結束事件的結果
• 時間、次數等方面有具體限度的情況

01 經常和簡單過去時連用的副詞性詞語　MP3 49_1

el domingo	el jueves pasado	un día	la semana pasada
星期日	上週四	某一天	上週
el año pasado	una vez	de repente	de pronto
去年	有一次	突然	突然
por fin	finalmente	ayer	anteayer
最後，終於	最後，終於	昨天	前天

Ayer fui a la casa de un amigo para cenar juntos. 昨天我為了一起吃晚餐而去一位朋友家。

Llegué hace un rato. 我剛才（片刻之前）到了。

Ayer comí con mis amigos. 昨天我和我的朋友們吃了午餐。

El verano pasado estuve en Corea. 我去年夏天在韓國。

Anoche estuve trabajando en la oficina. 昨晚我在辦公室工作。

¿Estudiaste mucho anoche? 你昨晚念了很多書嗎？

Tuve que estudiar 3(tres) horas. （時間有限度的情況）我當時必須念 3 小時的書。

02 規則變化　MP3 49_2

人稱	hablar	comer	vivir
Yo	hablé	comí	viví
Tú	hablaste	comiste	viviste
Él, Ella, Usted	habló	comió	vivió
Nosotros, Nosotras	hablamos	comimos	vivimos
Vosotros, Vosotras	hablasteis	comisteis	vivisteis
Ellos, Ellas, Ustedes	hablaron	comieron	vivieron

03 不規則變化 ①　MP3 49_3

人稱	ser	ir	dar
Yo	fui	fui	di
Tú	fuiste	fuiste	diste
Él, Ella, Usted	fue	fue	dio
Nosotros, Nosotras	fuimos	fuimos	dimos
Vosotros, Vosotras	fuisteis	fuisteis	disteis
Ellos, Ellas, Ustedes	fueron	fueron	dieron

*ser, ir 的變化是一樣的

04 不規則變化 ②　MP3 49_4

① 第一、第三人稱單數形詞尾沒有重音符號的情況

estar 在…，是…		tener 擁有，拿		andar 走		haber 完成時助動詞		poder 能，可以	
estuv	e	tuv	e	anduv	e	hub	e	pud	e
	iste		iste		iste		iste		iste
	o		o		o		o		o
	imos		imos		imos		imos		imos
	isteis		isteis		isteis		isteis		isteis
	ieron		ieron		ieron		ieron		ieron

saber 知道		poner 放，使穿上		venir 來		querer 想要		hacer 做，製作	
sup	e	pus	e	vin	e	quis	e	hic	e
	iste		iste		iste		iste		iste
	o		o		o		o		ezo*
	imos		imos		imos		imos		imos
	isteis		isteis		isteis		isteis		isteis
	ieron		ieron		ieron		ieron		ieron

*hacer 的第三人稱單數形是 hizo

② 有 j 的不規則變化

traer 帶來		decir 說		traducir 翻譯		conducir 駕駛	
	e		e		e		e
	iste		iste		iste		iste
traj	o	dij	o	traduj	o	conduj	o
	imos		imos		imos		imos
	isteis		isteis		isteis		isteis
	eron		eron		eron		eron

 05 **-car, -gar, -zar：只有第一人稱單數不規則（注意拼字）** MP3 49_5

buscar 找	tocar 觸摸，彈奏	llegar 抵達	jugar 玩， 參加體育比賽	empezar 開始	rechazar 拒絕
busqué	toqué	llegué	jugué	empecé	rechacé
buscaste	tocaste	llegaste	jugaste	empezaste	rechazaste
buscó	tocó	llegó	jugó	empezó	rechazó
buscamos	tocamos	llegamos	jugamos	empezamos	rechazamos
buscasteis	tocasteis	llegasteis	jugasteis	empezasteis	rechazasteis
buscaron	tocaron	llegaron	jugaron	empezaron	rechazaron

06 母音 + er, ir：
第三人稱單、複數為 -yó, -yeron（注意拼字）　MP3 49_6

leer 閱讀	oir 聽	caer 落下	creer 相信
leí	oí	caí	creí
leíste	oíste	caíste	creíste
leyó	oyó	cayó	creyó
leímos	oímos	caímos	creímos
leísteis	oísteis	caísteis	creísteis
leyeron	oyeron	cayeron	creyeron

07 -ir 動詞中，字根會發生拼字變化的動詞：
第 3 人稱單、複數時 e→i、o→u　MP3 49_7

sentir 感覺	pedir 請求	servir 服務	seguir 繼續	reir 笑	morir 死
sentí	pedí	serví	seguí	reí	morí
sentiste	pediste	serviste	seguiste	reíste	moriste
sintió	pidió	sirvió	siguió	rió	murió
sentimos	pedimos	servimos	seguimos	reímos	morimos
sentisteis	pedisteis	servisteis	seguisteis	reísteis	moristeis
sintieron	pidieron	sirvieron	siguieron	rieron	murieron

*其他例子：despedir 道別、medir 測量、impedir 防止／妨礙、competir 競爭、repetir 反覆、vestir 使穿衣服、sonreir 微笑、elegir 選擇、conseguir 獲得…

50 陳述式過去未完成時

（過去在做⋯，過去常做⋯，當時時間、天氣、年齡是⋯）

> ❗ 表示過去一定期間中反覆或持續的行為，也帶有進行中的意味。可以用來描述長時間的習慣、回憶情景等等。表達過去的天氣、年齡、時間也使用過去未完成時。

01 規則變化　MP3 50_1

人稱	**hablar**	**comer**	**vivir**
Yo	hablaba	comía	vivía
Tú	hablabas	comías	vivías
Él, Ella, Usted	hablaba	comía	vivía
Nosotros, Nosotras	hablábamos	comíamos	vivíamos
Vosotros, Vosotras	hablabais	comíais	vivíais
Ellos, Ellas, Ustedes	hablaban	comían	vivían

02 不規則變化　MP3 50_2

人稱	**ser**	**ir**	**ver**
Yo	era	iba	veía
Tú	eras	ibas	veías
Él, Ella, Usted	era	iba	veía
Nosotros, Nosotras	éramos	íbamos	veíamos
Vosotros, Vosotras	erais	ibais	veíais
Ellos, Ellas, Ustedes	eran	iban	veían

03 用法　MP3 50_3

① 主詞的動作、狀態在過去持續的狀態（過去在做⋯）

No lo sabía antes. 我以前不知道。

Juan tocaba el piano todo el día. 胡安彈了一整天的鋼琴。

② 表示過去習慣性或反覆的行為（過去常做…）

　　Antes yo iba siempre a la discoteca. 我以前總會去夜店。

　　Todos los domingos íbamos a la iglesia. 我們（過去）每星期日去教會。

　　Siempre cenábamos a las 9(nueve). 我們（過去）總是在 9 點吃晚餐。

③ 過去同時發生的持續性動作、狀態，同時以過去未完成時表達

　　Cuando yo era niño, vivía en Seúl. 我小時候住在首爾。

　　Mientras comíamos, ella estudiaba. 我們吃飯的時候，她在念書。

　　Mis padres vivían en Seúl cuando yo tenía 3(tres) años. 我三歲的時候，我父母住在首爾。

④ 表示過去的狀況、環境，如時間、年齡、天氣等

　　Eran las 9(nueve) cuando llegó mamá. 媽媽到的時候是 9 點。

　　Ella tenía 28(veintiocho) años cuando se casó. 她結婚的時候 28 歲。

　　Llovía mucho el verano pasado. 去年夏天下很多雨。

⑤ 發生…的時候（簡單過去時），正在…（過去未完成時）／
　 正在…的時候（過去未完成時），發生了…（簡單過去時）

　　Cuando entré en la casa, mi mamá cocinaba. 我進到家裡的時候，我媽媽在煮飯。

　　Entré en la casa cuando mi mamá cocinaba. 我在我媽媽煮飯的時候進到家裡。

　　Mi papá miraba la televisión cuando entré. 我進去的時候，我爸爸在看電視。

　　Entré cuando mi papá miraba la televisión. 我在我爸爸看電視的時候進去。

　　Cuando entré en la habitación, mi hermano leía el periódico.
　　我進房間的時候，我兄弟（哥哥或弟弟）在讀報紙。

⑥ 其他（過去看到的當時狀況，或者表示婉轉、客氣的語氣）

　　Diana me dijo que estaba enferma su abuela. 狄安娜跟我說她奶奶病了。

　　Quería decirte algo. 我有話想跟你說。

⑦ 經常和過去未完成時連用的詞語

los domingos 每週日	todos los días 每天	antes 以前
a veces 有時，常常	de vez en cuando 偶爾	a menudo 常常，時常
por lo general 大體上，通常	siempre 總是	algunas veces 幾次，有時

PASO.3

PASO.3

51 陳述式過去完成時
（過去做過…，過去已經…）

> 表示在過去某個時間點之前，已經做了某件事。用於表示過去發生過的事、事件的原因或理由。

01 形態：haber 過去未完成形 + 過去分詞
（-ado/-ido，不做性數變化） MP3 51_1

人稱	haber	
Yo	había	
Tú	habías	
Él, Ella, Usted	había	+ hablado, comido, vivido
Nosotros, Nosotras	habíamos	
Vosotros, Vosotras	habíais	
Ellos, Ellas, Ustedes	habían	

（*參考單元 46. 過去分詞）

02 表示過去兩件事的前後關係（先發生的事用過去完成時） MP3 51_2

Cuando llegué a la estación, el tren ya había partido. 我到車站的時候，列車已經離開了。

03 表示在過去的某個時間點已經有的經驗、結果、完成、持續動作等

Ella me dijo que había un accidente.
她跟我說有意外事故。（此句不使用過去完成時，用 haber 的過去未完成時即可）

Él había leído ya el libro cuando llegué a casa. 我到家的時候，他已經把書讀完了。

El señor Juan me dijo que había terminado todo el trabajo.
胡安先生跟我說，他已經把工作都做完了。

Yo antes había visto a esa mujer. 我以前看過那個女人。

Nosotros habíamos pasado la noche estudiando. 我們曾經念（著）書度過夜晚。

Ellas no habían cambiado nada. 她們什麼也沒改變。

PASO.3 52 陳述式未來時

（將會做…）

> 在西班牙語中，除了使用未來時以外，也經常用現在時表達未來發生的事。
> 用現在時表達未來的時候，會搭配有未來意義的詞語使用。未來時又稱「將來時」，本單元介紹的時態正式名稱為「將來未完成時」。

MP3 52_1

mañana	pasado mañana	esta tarde	el próximo mes
明天	後天	今天下午	下個月
el año que viene	**después**	**hoy**	**el próximo lunes**
明年	之後	今天	下星期一

01 規則變化：動詞原形 + é, ás, á, emos, éis, án   MP3 52_2

人稱	hablar	comer	vivir
Yo	hablaré	comeré	viviré
Tú	hablarás	comerás	vivirás
Él, Ella, Usted	hablará	comerá	vivirá
Nosotros, Nosotras	hablaremos	comeremos	viviremos
Vosotros, Vosotras	hablaréis	comeréis	viviréis
Ellos, Ellas, Ustedes	hablarán	comerán	vivirán

02 不規則變化   MP3 52_3

tener 擁有，拿	poner 放置	venir 來	salir 離開	poder 能，可以
tendré	pondré	vendré	saldré	podré
tendrás	pondrás	vendrás	saldrás	podrás
tendrá	pondrá	vendrá	saldrá	podrá
tendremos	pondremos	vendremos	saldremos	podremos
tendréis	pondréis	vendréis	saldréis	podréis
tendrán	pondrán	vendrán	saldrán	podrán

saber 知道	decir 說	hacer 做	haber 完成時助動詞
sabré	diré	haré	habré
sabrás	dirás	harás	habrás
sabrá	dirá	hará	habrá
sabremos	diremos	haremos	habremos
sabréis	diréis	haréis	habréis
sabrán	dirán	harán	habrán

 用法 MP3 52_4

① 對現在而言的未來

Iremos mañana. 我們明天會去。

Ellos vendrán el mes que viene (/el mes próximo). 他們下個月會來。

Dice que vendrán hoy. 他説他們今天會來。

② 表示現在的想像、推測

Serán las 3(tres). 現在是 3 點鐘吧。

③ 表示溫和的命令

Él vendrá mañana por la tarde. 他明天下午應該要來。

Tú irás ahora mismo. 你現在馬上去。

④ 有未來含意的其他表達方式

ir a + inf. haber de + inf.	有未來的含意

Voy a comprar (compraré) un móvil dentro de unos días. 我幾天內會買手機。

Voy a ir (iré) a España el próximo año. 我明年會去西班牙。

Ellos han de venir (vendrán) pronto. 他們必須快點來。（他們會／應該快點來。）

Ella ha de llegar (llegará) pronto. 她必須早點抵達。（她會／應該早點抵達。）

PASO.3

53 簡單條件式（表示可能性）

（可能是…，或許是…，可能會…，可以請您…嗎？）

01 規則變化：動詞原形 + ía, ías, ía, íamos, íais, ían　MP3 53_1

人稱	hablar	comer	vivir
Yo	hablaría	comería	viviría
Tú	hablarías	comerías	vivirías
Él, Ella, Usted	hablaría	comería	viviría
Nosotros, Nosotras	hablaríamos	comeríamos	viviríamos
Vosotros, Vosotras	hablaríais	comeríais	viviríais
Ellos, Ellas, Ustedes	hablarían	comerían	vivirían

02 未來時有不規則變化的動詞，用未來時的字根衍生變化形　MP3 53_2

tener 擁有，拿	poner 放，使穿上	venir 來	salir 離開
tendría	pondría	vendría	saldría
tendrías	pondrías	vendrías	saldrías
tendría	pondría	vendría	saldría
tendríamos	pondríamos	vendríamos	saldríamos
tendríais	pondríais	vendríais	saldríais
tendrían	pondrían	vendrían	saldrían

poder 能，可以	caber 容納得下…	haber 完成時助動詞	saber 知道
podría	cabría	habría	sabría
podrías	cabrías	habrías	sabrías
podría	cabría	habría	sabría
podríamos	cabríamos	habríamos	sabríamos
podríais	cabríais	habríais	sabríais
podrían	cabrían	habrían	sabrían

valer 價值	querer 想要	decir 說	hacer 做，製作
valdría	querría	diría	haría
valdrías	querrías	dirías	harías
valdría	querría	diría	haría
valdríamos	querríamos	diríamos	haríamos
valdríais	querríais	diríais	haríais
valdrían	querrían	dirían	harían

 03 用法 MP3 52_3

① 對過去而言的未來

　　Él me dijo que iría el día siguiente. 他（當時）跟我說他隔天會去。

　　Ellos me dijeron que vendrían el próximo jueves. 他們（當時）跟我說他們下個星期四會來。

② 表示對於過去的猜測

　　Ellos no tendrían dinero ayer. 他們昨天應該沒錢。

　　Tendría él entonces unos 50(cincuenta) años. 他當時可能 50 歲左右。

③ 表示過去、現在、未來事實的可能性

　　Serían las 5(cinco) de la tarde. （過去的可能性）當時大概是下午 5 點。

　　Yo desearía esto. （對於現在的禮貌表達；同用法 ⑤）我想要這個。

　　Ud. debería ir a verlo mañana. （未來的可能性）您明天應該去看他。

④ 陳述式現在時可以表示確定的未來，而未來時、條件式也可以用來表示現在（說話者對於事情的確實性比較不確定的情況）

　　La Srta. Silvia viene mañana. 席維雅小姐明天會來。

　　El profesor Kim no vendrá ahora. 金教授現在不會來。

　　¿Estaría Juan ahora en su casa? 胡安現在會在家嗎？

⑤ 表示禮貌的語氣

　　¿Podría pasarme una servilleta? 您可以遞給我一張餐巾紙嗎？

　　¡Me gustaría viajar con usted! 我想和您一起旅行！

　　¿Podría decirme de qué están hablando? 您可以跟我說他們在談什麼嗎？

　　¿Me ayudaría usted a preparar la cena? 您可以幫我準備晚餐嗎？

複合條件式

condicional perfecto
de indicativo

（當時可能已經…，當時會做好…）

> 「haber 的條件式 + 過去分詞」構成複合條件式。
> 1. 表示過去對於將來的想像及推測
> 2. 推測過去某事已完成，或者應完成卻未完成

*因為文法結構與陳述式的完成時類似，所以也可以簡單理解為「條件完成式」。

MP3 54_1

| habría habrías habría habríamos habríais habrían | + hablado, comido, vivido, estudiado, llegado, terminado |

（*參考單元 53. 條件式）

 ## 01 表示過去對於將來的想像及推測　MP3 54_2

Juan me dijo que ya lo habría terminado todo.
　　　↑　　　　　　　↑
　簡單過去時　　簡單條件式 + 過去分詞 = 複合條件式

胡安跟我說，他會全部完成。
　簡單過去時　推測 = 複合條件式

 ## 02 推測過去某事已完成

¿Ya habría terminado?
　　　↑　　　↑
　簡單條件式 + 過去分詞 = 複合條件式

他已經完成了嗎？
　推測 = 複合條件式

PASO.3
55 陳述式未來完成時（表示推測）

（未來已經…，可能已經…，可能…）

未來完成 = haber 的未來時 + 過去分詞

除了表示未來某件事在另一件事發生之前已經完成以外，也經常用來表達對任何時間（過去、現在、未來）的情況所做的推測。

MP3 55

habré habrás habrá habremos habréis habrán	+ hablado, comido, vivido, estudiado, llegado, terminado

（*參考單元 46. 過去分詞、52. 陳述式未來時）

Creo que el profesor ya habrá terminado sus trabajos. 我想老師應該已經完成他的工作了。

Mi madre habrá llegado bien a casa. 我媽媽應該已經平安到家了。

Con este libro habrás entendido todo. 你用這本書應該就會了解一切了。

Sr. Juan habrá comprado ayer el regalo para su novia. 胡安先生昨天應該買了給他女朋友的禮物。

PASO.3

PASO.3

56 命令式（祈使式）

（去做…，〔第一人稱複數主詞〕我們做…吧）

 命令式只有現在時，並且只使用 tú, vosotros/as, usted/ustedes, nostros/as 等人稱。tú 的變化形和直述式現在時的第三人稱單數形相同，usted/ustedes, nostros/as 與虛擬式 現在時第三人稱單、複數及第一人稱複數形相同。第二人稱複數的 vosotros/as 只要 將動詞詞尾的 -r 改成 -d 即可。

 肯定命令

① 規則變化   MP3 56_1

人稱	-ar (hablar)	-er (comer)	-ir (vivir)
Yo	×	×	×
Tú	-a (habla)	-e (come)	-e (vive)
Usted	-e (hable)	-a (coma)	-a (viva)
Nosotros, Nosotras	-emos (hablemos)	-amos (comamos)	-amos (vivamos)
Vosotros, Vosotras	-ad (hablad)	-ed (comed)	-id (vivid)
Ustedes	-en (hablen)	-an (coman)	-an (vivan)

② 不規則變化   MP3 56_2

人稱	poner	tener	venir
Yo	×	×	×
Tú	pon	ten	ven
Usted	ponga	tenga	venga
Nosotros, Nosotras	pongamos	tengamos	vengamos
Vosotros, Vosotras	poned	tened	venid
Ustedes	pongan	tengan	vengan

人稱	salir	hacer	decir
Yo	×	×	×
Tú	sal	haz	di
Usted	salga	haga	diga
Nosotros, Nosotras	salgamos	hagamos	digamos
Vosotros, Vosotras	salid	haced	decid
Ustedes	salgan	hagan	digan

人稱	ir	ser	vestir
Yo	×	×	×
Tú	ve	sé	viste
Usted	vaya	sea	vista
Nosotros, Nosotras	vayamos	seamos	vistamos
Vosotros, Vosotras	id	sed	vestid
Ustedes	vayan	sean	vistan

人稱	pedir	dormir	poder
Yo	×	×	×
Tú	pide	duerme	puede
Usted	pida	duerma	pueda
Nosotros, Nosotras	pidamos	durmamos	podamos
Vosotros, Vosotras	pedid	dormid	poded
Ustedes	pidan	duerman	puedan

人稱	sentir
Yo	×
Tú	siente
Usted	sienta
Nosotros, Nosotras	sintamos
Vosotros, Vosotras	sentid
Ustedes	sientan

否定命令 MP3 56_3

在以下的動詞形式前面加上否定詞 no，表示「不要做…」的意思。

① 規則變化

人稱	-ar (hablar)	-er (comer)	-ir (vivir)
Yo	×	×	×
Tú	-es (hables)	-as (comas)	-as (vivas)
Usted	-e (hable)	-a (coma)	-a (viva)
Nosotros, Nosotras	-emos (hablemos)	-amos (comamos)	-amos (vivamos)
Vosotros, Vosotras	-éis (habléis)	-áis (comáis)	-áis (viváis)
Ustedes	-en (hablen)	-an (coman)	-an (vivan)

② 不規則變化：如果動詞的肯定命令式有不規則變化，那麼否定命令式也是不規則變化。所有變化形都可以用肯定命令式的第三人稱單數形推演出來。

• 否定命令式和虛擬式現在時的變化完全相同（形式為 no + 虛擬式現在時的動詞形態）

MP3 56_4

人稱	poner	tener	venir
Yo	×	×	×
Tú	pongas	tengas	vengas
Usted	ponga	tenga	venga
Nosotros, Nosotras	pongamos	tengamos	vengamos
Vosotros, Vosotras	pongáis	tengáis	vengáis
Ustedes	pongan	tengan	vengan

人稱	salir	hacer	decir
Yo	×	×	×
Tú	salgas	hagas	digas
Usted	salga	haga	diga
Nosotros, Nosotras	salgamos	hagamos	digamos
Vosotros, Vosotras	salgáis	hagáis	digáis
Ustedes	salgan	hagan	digan

人稱	ir	ser	vestir
Yo	×	×	×
Tú	vayas	seas	vistas
Usted	vaya	sea	vista
Nosotros, Nosotras	vayamos	seamos	vistamos
Vosotros, Vosotras	vayáis	seáis	vistáis
Ustedes	vayan	sean	vistan

人稱	pedir	dormir	poder
Yo	×	×	×
Tú	pidas	duermas	puedas
Usted	pida	duerma	pueda
Nosotros, Nosotras	pidamos	durmamos	podamos
Vosotros, Vosotras	pidáis	durmáis	podáis
Ustedes	pidan	duerman	puedan

人稱	sentir
Yo	×
Tú	sientas
Usted	sienta
Nosotros, Nosotras	sintamos
Vosotros, Vosotras	sintáis
Ustedes	sientan

03 主詞要放在動詞後面（可以省略主詞） MP3 56_5

Habla (tú) en español. 説西班牙語。

Comed rápido. 你們吃快點。

Tome (Ud.) asiento. 您請坐。

Hable en inglés y escriba en francés. 請您用英語説，用法語寫。

Come mucho y corre hasta la casa. 你要多吃，然後跑回家。

Tome (Ud.) un vaso de agua y cante. 請您喝一杯水並且唱歌。

Estudia mucho y no duermas. 你要多念書，不要睡覺。

Escuchemos la radio y bailemos. 我們聽廣播跳舞吧。

Estudien (Uds.) mucho. 請您們多念書。

04 否定命令句的 no 放在動詞前面

No vengas mañana. 你明天不要來。

No cantes ahora. 你現在不要唱歌。

05 有受格代名詞的情況

① 肯定命令句：受格代名詞接在動詞詞尾

Cuídate. 小心。

Siéntate. 坐下。

Cálmate. 冷靜。

*因為要保持動詞原本的重音位置，所以以上的例子加上受格代名詞 te 之後添加了重音標示。

Ud. da un libro a María.（一般陳述式）您給瑪莉亞一本書。

→ Déselo Ud.（有受格代名詞的命令句）請您給她那個。

② 否定命令句：受格代名詞放在動詞前面

Háblamelo (tú). 跟我說那件事。↔ No me lo hables. 不要跟我說那件事。

Dímelo (tú). 告訴我那件事。↔ No me lo digas. 不要告訴我那件事。

Salga (Ud.) de aquí. 請您離開這裡。↔ No salga (Ud.) de aquí. 請您不要離開這裡。

06 動詞是反身動詞的情況

① 肯定命令句：反身代名詞接在動詞詞尾

② 否定命令句：反身代名詞放在動詞前面

③ 肯定命令句：nosotros 的動詞變化形詞尾 -mos 去掉 s，再加上反身代名詞「nos」。

（→ -monos：注意動詞的重音標示）

vosotros 的動詞變化形詞尾去掉「d」，再加上反身代名詞「os」。

（→ -aos, -eos, -ios：注意動詞的重音標示）

Levántate tú temprano. 你要早起。↔ No te levantes temprano. 你別早起。

Lávese Ud. las manos. 請您洗手。↔ No se lave Ud. las manos. 請您不要洗手。

Os vestís. (= Vestíos.)（括弧外面是一般陳述式）你們穿上衣服。

↔ No os vistáis. 你們不要穿上衣服。

Vámonos. 我們走吧。↔ No nos vayamos. 我們別走吧。

Poneos el abrigo. 你們穿上大衣。↔ No os pongáis el abrigo. 你們不要穿上大衣。

Siéntense aquí. 請您們坐在這裡。↔ No se sienten aquí. 請您們不要坐在這裡。

Nos vamos temprano. (= Vámonos temprano.)（兩句都是一般陳述式）我們早點走吧。

Os laváis la cara. (= Lavaos la cara.)（括弧外面是一般陳述式）你們要洗臉。

57 動詞與介系詞的慣用搭配

01 動詞後面直接接動詞原形　　MP3 57_1

deber + inf.	必須做…
querer + inf.	想要做…
desear + inf.	想要做…，希望做…
poder + inf.	能做…
saber + inf.	會做…（知道怎麼做）
pensar + inf.	考慮做…，打算做…

*其他適用這個句型的動詞：esperar, rogar, preferir, necesitar, oir, ver, hacer, mandar, ordenar, impedir, decidir, permitir, prometer, recordar, olvidar 等等。還有「es + 形容詞」（es fácil, es difícil, es posible, es necesario…）後面也可以接動詞原形，表示「做某件事是…的」。

Debemos estudiar mucho el español. 我們必須努力學習西班牙語。

Queremos jugar al fútbol en el campo. 我們想在球場踢足球。

Pienso esperarla una hora más. 我考慮再等她一小時。

Deseo ser médico con mi padre. 我想跟父親一樣當醫師。

Deseo ser professor. 我想當老師。

02 動詞 + a + 動詞原形　　MP3 57_2

① ir a + inf. 將會做…，即將做…
　→ Vamos a ir a la escuela. 我們要去學校。

② venir a + inf. 來做…（為了做…而來），結果…
　→ Los hijos vienen a ver a sus padres. 孩子們來看他們的父母。

③ salir a + inf. 離開、出發去做…
　→ Salió a ver a sus amigos. 他出去見他的朋友們了。

④ enseñar a + inf. 教導做…
　→ El maestro enseña al niño a nadar. 老師教孩子游泳。

⑤ ayudar a + inf. 幫忙做…
　→ ¿Quiere ayudarme a reparar mi coche? 您要幫我修車嗎？

⑥ comenzar (= empezar = echarse) a + inf. 開始做…
　→ Comienza a andar. 他開始走。

⑦ invitar a + inf. 邀請做…
　　→ Ella invita a Ana a almorzar. 她邀請安娜吃午餐。

⑧ volver a + inf. 又…，重新做…
　　→ Vuelvo a leer este libro. 我重新讀這本書。

⑨ aprender a + inf. 學習做…
　　→ Aprendo a pronunciar el español. 我學習西班牙語發音。

⑩ continuar a + inf. 繼續做…
　　atreverse a + inf. 敢做…
　　referirse a + inf. 談到…
　　→ Me refiero a viajar. 我談到旅行的事。

---

03 **動詞 + de + 動詞原形**　MP3 57_3

---

① acabar de + inf. 剛做了、剛做完…
　　→ El tren acaba de llegar. 列車剛剛抵達。

② tratar de + inf. 力圖做…
　　→ Yo trato de entender esta frase. 我努力理解這個句子。

③ dejar (= cesar, privarse) de + inf. 停止做…
　　→ La niña deja de llorar. 小女孩不哭了。
　　→ Él se priva de fumar. 他戒菸。

④ haber de + inf. 務必做…，必須做…
　　→ He de estar enfrente de este edificio a la 1(una). 我 1 點的時候必須在這棟大樓對面。

⑤ alegrarse de + inf. 做…很高興
　　→ Me alegro de verte. 我很高興見到你。

⑥ acordarse de + inf. 記得要做…
　　→ No quiero acordarme de su nombre. 我不想記起他的名字。
　　（這裡示範的是後面接名詞的例子）

⑦ deber de + inf. 大概，應該…
　　→ Isabel debe de romper con su novio. 伊莎貝爾應該是跟她男朋友分手了。

04 ▶ **動詞 + en + 動詞原形**　MP3 57_4

① tardar en + inf. 花多少時間做⋯
　→ Tardé 5(cinco) horas en llegar a Busan en coche. 我花了 5 小時開車到釜山。

② insistir en + inf. 堅持要做⋯
　→ Él insiste en salir. 他堅持要出去。

05 ▶ **動詞 + por + 動詞原形**

① empezar (= comenzar) por + inf. 從做⋯開始
　→ empezar por reñir 從爭吵開始

② acabar por + inf. 結果⋯，最終⋯
　→ Acaban por reñir. 他們最後爭吵收場。

③ estar por + inf. 尚待⋯，還需要⋯（還沒被做）
　→ Está la carta por escribir. 信還沒寫。

PASO.3 58 虛擬式現在時

（希望…，可能…）

> • 一般的陳述式：表示客觀、確定的事實或行為（已經實現或確定會實現）
> • 虛擬式：表示完全出於主觀的見解、不確定（未實現）的事實，所以在表達希望、懷疑、禁止、要求、勸告時經常使用，是很重要的動詞形式。虛擬式可以表示勸告、建議，或者對於可能情況的主觀見解。

• 從屬子句中使用的虛擬式時態

主要子句的動詞	從屬子句的動詞
陳述式現在時、未來時；命令式	虛擬式現在時
陳述式過去時、過去未完成時；條件式	虛擬式過去未完成時

 形態 MP3 58_1

① 規則變化：
和陳述式現在時正好相反，也就是 -ar 動詞使用陳述式現在時 -er 動詞的形態，而 -er, -ir 動詞則使用陳述式現在時 -ar 動詞的形態。

人稱	-ar (hablar)	-er (comer)	-ir (vivir)
Yo	-e (hable)	-a (coma)	-a (viva)
Tú	-es (hables)	-as (comas)	-as (vivas)
Él, Ella, Usted	-e (hable)	-a (coma)	-a (viva)
Nosotros, Nosotras	-emos (hablemos)	-amos (comamos)	-amos (vivamos)
Vosotros, Vosotras	-éis (habléis)	-áis (comáis)	-áis (viváis)
Ellos, Ellas, Ustedes	-en (hablen)	-an (coman)	-an (vivan)

② 不規則變化 1　　MP3 58_2

tener	conocer	salir	caer	venir	hacer
tenga	conozca	salga	caiga	venga	haga
tengas	conozcas	salgas	caigas	vengas	hagas
tenga	conozca	salga	caiga	venga	haga
tengamos	conozcamos	salgamos	caigamos	vengamos	hagamos
tengáis	conozcáis	salgáis	caigáis	vengáis	hagáis
tengan	conozcan	salgan	caigan	vengan	hagan

saber	poner	haber	decir	ser	oir
sepa	ponga	haya	diga	sea	oiga
sepas	pongas	hayas	digas	seas	oigas
sepa	ponga	haya	diga	sea	oiga
sepamos	pongamos	hayamos	digamos	seamos	oigamos
sepáis	pongáis	hayáis	digáis	seáis	oigáis
sepan	pongan	hayan	digan	sean	oigan

ir	ver	servir	traer	reír
vaya	vea	sirva	traiga	ría
vayas	veas	sirvas	traigas	rías
vaya	vea	sirva	traiga	ría
vayamos	veamos	sirvamos	traigamos	riamos
vayáis	veáis	sirváis	traigáis	riais
vayan	vean	sirvan	traigan	rían

③ 不規則變化 2：第一、第二人稱複數的母音不變　　MP3 58_3

pensar	perder	contar	volver
piense	pierda	cuente	vuelva
pienses	pierdas	cuentes	vuelvas
piesnse	pierda	cuente	vuelva
pensemos	perdamos	contemos	volvamos
penséis	perdáis	contéis	volváis
piensen	pierdan	cuenten	vuelvan

jugar	poder	oler	querer
juegue	pueda	huela	quiera
jueges	puedas	huelas	quieras
juegue	pueda	huela	quiera
juguemos	podamos	olamos	queramos
juguéis	podáis	oláis	queráis
jueguen	puedan	huelan	quieran

④ -ir 動詞字根發生不規則變化

字尾是 -ir 的動詞

字根母音 e
第一、二、三人稱單數，
第三人稱複數 → ie

第一、二人稱複數 → i

字根母音 o
第一、二、三人稱單數，
第三人稱複數 → ue

第一、二人稱複數 → u

MP3 58_4

sentir	dormir	morir
sienta	duerma	muera
sientas	duermas	mueras
sienta	duerma	muera
sintamos	durmamos	muramos
sintáis	durmáis	muráis
sientan	duerman	mueran

⑤ 形態和陳述式現在時無關的動詞   MP3 58_5

estar

esté
estés
esté
estemos
estéis
estén

dar

dé
des
dé
demos
deis
den

⑥ 因為發音規則而必須改變詞尾拼字的情況

-car → -que …

-zar → -ce …

-guir → -ga …

-gar → -gue …

-cer → -za …

-ger, -gir → -ja …

buscar

busque
busques
busque
busquemos
busquéis
busquen

seguir

siga
sigas
siga
sigamos
sigáis
sigan

llegar

llegue
llegues
llegue
lleguemos
lleguéis
lleguen

coger

coja
cojas
coja
cojamos
cojáis
cojan

empezar

empiece
empieces
empiece
empecemos
empecéis
empiecen

exigir

exija
exijas
exija
exijamos
exijáis
exijan

vencer

venza
venzas
venza
venzamos
venzáis
venzan

02 用虛擬式構成複合句 MP3 58_6

① 主要子句和從屬子句的動詞式不同

② 當主要子句的動詞表示願望、要求、勸告、命令、禁止、許可、情感、懷疑等等有不確定性的意義時 → 從屬子句的動詞使用虛擬式

③ 基本句型：陳述式現在時或未來時 + que + 虛擬式現在時

④ 接虛擬式從屬子句的主要子句動詞類型，整理如下表。

	主要子句的動詞	que + 從屬子句
願望	querer 想要 desear 希望 ojalá（感嘆詞，固定使用此形態）但願… rogar 祈求，請求，懇求 solicitar 申請，請求，要求 esperar 等待，期望	
命令	exigir 要求，需要 ordenar 命令 mandar 命令，吩咐 obligar 強迫，使有義務	
勸告	aconsejar 勸告 advertir 提醒，使注意，勸告	
建議	proponer 提議，建議 recomendar 建議，勸告 sugerir 提議，建議	que + 虛擬式
使役	dejar 委託，託付 hacer 使做某事	
禁止	prohibir 禁止 impedir 阻止，防止	
許可	permitir 允許，許可	
不確定，可能	no creer 不認為，不相信 no opinar 不認為 no pensar 不認為，不覺得 no estar seguro de 不確定 no es verdad 不是事實 es posible 有可能 es probable 有可能性	

否定	negar 否認，否定	
懷疑	dudar 懷疑，不相信 es dudoso 可疑，難預料	
高興	alegrarse de 很高興… estar encantado de 很高興…	
悲傷	sentirse 感覺，遺憾 lamentar 悲痛，遺憾 deplorar 哀嘆，悲痛	que + 虛擬式
驕傲	estar orgulloso de 驕傲，自豪 enorgullecerse de 驕傲，自豪	
害怕	temer 害怕，擔心 tener miedo 害怕，恐懼	
驚訝	sorprenderse 吃驚，意外	

Mi profesor de español quiere que yo estudie mucho.
我的西班牙語老師希望我多學習（努力學習）。

Deseo que Silvia venga pronto. 我希望席維雅快點來。

Esperamos que tú estés bien. 我們希望你很好。

Saldremos cuando estés listo. 你準備好的時我們就會出發。

Le pido a ella que tome asiento. 我請她就座。

Mi mamá se alegra de que yo esté ya mejor. 我媽媽很高興我（的狀態）已經比較好了。

Me alegro de que no haya examen. 我很高興沒有考試。

Les aconsejo que estudien mucho. 我勸他們多念書。

Dudo que sea verdad. 我懷疑那是不是事實。

Mi novio me prohibe que entre en su cuarto. (= Él me prohibe entrar en su cuarto.)
我男朋友禁止我進他房間。（他禁止我進他房間。）

Quiero que le vaya bien. 我希望您過得順利。

*permitir, mandar, prohibir 等動詞後面也可以接動詞原形。

03 **無人稱句型（主要動詞不代表特定的人稱）**　MP3 58_7

① 表示說話者的主觀意見
② 句型：Es + 形容詞 + que + 虛擬式

• 形容詞帶有可能性（不確定性）的意味，或者表示情感

Es +		que + 虛擬式
	posible …有可能	
	imposible …不可能	
	probable …有可能發生	
	fácil …很簡單	
	difícil …很困難	
	dudoso …不確定，…很可疑	
	necesario …是必要的	
	importante …很重要	
	absurdo …不合理，…很荒謬	
	mejor …比較好	
	suficiente …就足夠了	
	bueno …很好	
	conveniente …是適宜的	

 ¡ojo!

如果 que 後面接的子句並沒有特定的人稱，就不用虛擬式，而是改用
→ **Es** + 形容詞 + 動詞原形

Es posible que llueva. 有可能下雨。

Es posible que viva ella. 她有可能還活著。

Es imposible que vayamos ahora. (Es imposible ir ahora.)
我們現在不可能去。（現在去不可能。）

Es imposible que nieve en verano. 夏天不可能下雪。

Es probable que salgan bien. 結果有可能很好。

Es necesario que aprendamos español. 我們有必要學西班牙語。

Es absurdo que él hable así. 他那麼說是很不合理的。

04 在副詞性質的子句中使用虛擬式　MP3 58_8

• 表示時間的副詞性質子句

cuando …的時候 mientras 正當…的時候 en tanto que 正當…的時候 siempre que 每當…的時候都 antes (de) que 在…之前 después (de) que 在…之後 hasta que 直到…為止 a penas en cuanto luego que ⎫ pronto como ⎬ 一…就 así que ⎭	**+ 虛擬式** （用陳述式也可以）

Saldré de la casa antes (de) que entre mi hermano. 我會在我弟弟進門之前離開家裡（外出）。

Terminemos todo el trabajo antes que lleguen. 我們在他們抵達之前把所有工作都完成吧。

Cuando lo vea yo a él, se lo diré. 我看到他的時候會跟他說那件事。

Cuando vea a la madre de mi novio, le saludaré. 我看到我男朋友的母親時會問候她。

Entraré después (de) que mi papá salga. 我會在我爸爸離開之後進去。

Te esperaré hasta que vuelvas. 我會等你等到你回來為止。

Estaré aquí hasta que lleguen. 我會在這裡待到他們抵達為止。

 05 表示目的、條件、否定的副詞性子句：通常用虛擬式　MP3 58_9

目的		條件	
para que 為了… a fin de que 為了… de modo que 好讓… de manera que 好讓…	+ 虛擬式	en caso de que 如果…的話 a menos que 除非… salvo que 除非… si 如果… con tal (de) que 只要…的話	+ 虛擬式

 ¡ojo! 「si」後面使用的不是虛擬式現在時，而是虛擬式過去未完成時，表示與現實情況不同的假設：「如果／要是…的話」。但如果只是表示一般的條件，例如「如果她今天來的話」，就會使用陳述式現在時 → si ella viene hoy。

para que, a fin de que, de modo que(= de manera que), con tal que, a condición de que, en caso de que, a menos que, sin que	+ 虛擬式

Hablaré despacio de manera que me entiendan bien.
我會慢慢說，好讓他們能充分了解我（說的話）。

Cante Ud. en voz alta de manera que yo oiga bien.
請您大聲唱，讓我能聽清楚。

A fin de que pueda volver, le daré tu libro. 我會把你的書給他，這樣我才能回去。

En caso de que no podamos vernos, nos llamamos por teléfono.
在我們不能見面的情況下，就給彼此打電話吧。

Mi mamá me explica con detalle de modo que le entienda bien.
我媽媽向我詳細說明，好讓我能充分了解。

No puedo viajar por América a menos que tenga mucho dinero.
除非我有很多錢，不然我不能去美國旅行。

Yo te llamo por teléfono para que recojas a mi hija.
我會打電話給你，讓你去接我的女兒。

Iré de vacaciones con tal que no llueva.
只要不下雨的話，我就會去度假。

06 表示讓步的副詞性子句

aunque 即使，儘管… a pesar de que 即使，儘管… por + (más) 形容詞 + que 即使，無論多麼…	+ 虛擬式

• aunque, a pesar de que + 陳述式或虛擬式
• 後面接陳述式的時候：已經實現的情況（雖然…）
• 後面接虛擬式的時候：還沒實現的情況（即使…）

Iré a tu casa aunque llueva mucho. 即使下大雨，我還是會去你家。

Irá a tu casa aunque llueve (/está lloviendo). 雖然現在下雨，他還是會去你家。（陳述式）

Aunque esté cansado, lo haré todo. 即使我很累，我還是會把它全部做完。

Juan es muy fuerte, a pesar de que esté viejo. 即使變老，胡安還是很強壯的人。

Por más rico que sea él, no quiero casarme con él. 無論他多麼有錢，我也不想跟他結婚。

Por más rico que sea, no podrá tenerlo. 他再怎麼有錢也沒辦法擁有那個東西。

07 ▶ 其他

• 經常使用虛擬式的情況

quien cuando donde como cual	+ quiera que	+ 虛擬式	不論是誰 不論何時 不論何處 不管怎樣 不論哪個，任何
¡Ojalá	(que)	+ 虛擬式現在 + 虛擬式過去未完成	但願… （表示懇切的願望）
quizá(s) tal vez		+ 虛擬式 + 陳述式	也許，或許… 或許…

Quienquiera que sea se arrepentirá. 不論是誰，應該都會後悔。

cuandoquiera que vengas 不論你什麼時候來

¡Ojalá que llegue pronto! 希望我可以盡早到！

¡Ojalá que salgan bien! 但願結果會很好！
（如果改用虛擬式過去未完成時的話，則表示更懇切盼望的語氣）

Tal vez tenga razón. 或許他（講的話）有道理。

PASO.3

虛擬式現在完成時

（希望已經…，可能已經…）

 這裡要介紹的虛擬式現在完成時，是用來對時間較近的過去（現在完成）已經發生的情況表示個人主觀感覺或意見（否定、不確定、遺憾、高興等等）。

MP3 59

人稱	haber	
Yo	haya	
Tú	hayas	
Él, Ella, Usted	haya	+ 過去分詞
Nosotros, Nosotras	hayamos	llegado, tenido, escrito
Vosotros, Vosotras	hayáis	
Ellos, Ellas, Ustedes	hayan	

Me alegro de que su hija haya sacado buenas notas. 我很高興您的女兒得到了好成績。

Es imposible que ellos hayan llegado a tiempo. 他們不可能是準時到達的。

Yo no creo que ella haya tenido un bebé. 我不相信她有了孩子。

Juan niega que su hija haya aprobado el examen. 胡安否認他的女兒通過了考試。

▶ *Me alegro de que su hija haya sacado buenas notas.*

60 虛擬式過去未完成時

（相對於虛擬式現在時，虛擬式過去未完成時基本上表示「過去可能…」）

> 在以虛擬式構成的複合句中，當主要子句表示過去的情況時，從屬子句會使用虛擬式過去未完成時
>
> • 現在的情況（主要動詞 = creo／從屬子句動詞 = haga〔可能做…〕）
>   Yo no <u>creo</u> que <u>haga</u> este trabajo.（現在）我不覺得他會做這個工作。
>   陳·現　　　虛·現
>
> • 過去的情況（主要動詞 = creía／從屬子句動詞 = hiciera〔過去可能做…〕）
>   Yo no <u>creía</u> que <u>hiciera</u> este trabajo.（那時候）我不覺得他會做這個工作。
>   陳·過未　　　虛·過未

• 虛擬式過去未完成時的形態，可以想成在陳述式簡單過去時第三人稱複數形 habla~~ron~~/comie~~ron~~/vivie~~ron~~ 後面接上 ra 或 se，就比較容易了。ra 形和 se 形幾乎是一樣的意思，實際上比較常用到的是 ra 形，所以請用 ra 形來記憶。

01 形態（-ra 形，或者 -se 形）

① 規則變化　　MP3 60_1

人稱	**hablar**	**comer**	**vivir**
Yo	habl<u>ara</u>(se)	com<u>iera</u>(se)	viv<u>iera</u>(se)
Tú	habl<u>aras</u>(ses)	com<u>ieras</u>(ses)	viv<u>ieras</u>(ses)
Él, Ella, Usted	habl<u>ara</u>(se)	com<u>iera</u>(se)	viv<u>iera</u>(se)
Nosotros, Nosotras	habl<u>áramos</u>(semos)	com<u>iéramos</u>(semos)	viv<u>iéramos</u>(semos)
Vosotros, Vosotras	habl<u>arais</u>(seis)	com<u>ierais</u>(seis)	viv<u>ierais</u>(seis)
Ellos, Ellas, Ustedes	habl<u>aran</u>(sen)	com<u>ieran</u>(sen)	viv<u>ieran</u>(sen)

• 將陳述式簡單過去時第三人稱複數形詞尾的 -on 去掉，再加上「-a, -as, -a, -amos, -ais, -an」。

dar	ver	ir/ser	sentir	dormir	haber
diera	viera	fuera	sintiera	durmiera	hubiera
dieras	vieras	fueras	sintieras	durmieras	hubieras
diera	viera	fuera	sintiera	durmiera	hubiera
diéramos	viéramos	fuéramos	sintiéramos	durmiéramos	hubiéramos
dierais	vierais	fuerais	sintierais	durmierais	hubierais
dieran	vieran	fueran	sintieran	durmieran	hubieran

andar	leer	morir	venir	traer	seguir
anduviera	leyera	muriera	viniera	trajera	siguiera
anduvieras	leyeras	murieras	vinieras	trajeras	siguieras
anduviera	leyera	muriera	viniera	trajera	siguiera
anduviéramos	leyéramos	muriéramos	viniéramos	trajéramos	siguiéramos
anduvierais	leyerais	murierais	vinierais	trajerais	siguierais
anduvieran	leyeran	murieran	vinieran	trajeran	siguieran

estar	poder	saber	querer	decir	tener
estuviera	pudiera	supiera	quisiera	dijera	tuviera
estuvieras	pudieras	supieras	quisieras	dijeras	tuvieras
estuviera	pudiera	supiera	quisiera	dijera	tuviera
estuviéramos	pudiéramos	supiéramos	quisiéramos	dijéramos	tuviéramos
estuvierais	pudierais	supierais	quisierais	dijerais	tuvierais
estuvieran	pudieran	supieran	quisieran	dijeran	tuvieran

poner	caer	hacer
pusiera	cayera	hiciera
pusieras	cayeras	hicieras
pusiera	cayera	hiciera
pusiéramos	cayéramos	hiciéramos
pusierais	cayerais	hicierais
pusieran	cayeran	hicieran

• 當主要子句的動詞是陳述式簡單過去時、過去未完成時，或者條件式時，從屬子句會使用虛擬式過去未完成時

> 現在情況：Le digo a él que termine a tiempo.（現在）我叫他準時完成。
>
> 過去情況：Le dije a él que terminara a tiempo.（過去）我叫他準時完成。

02 假設句（要是…的話就…） MP3 60_3

① 與現在事實相反的假設（不太可能實現的情況）

Si + 虛擬式過去未完成時 + 條件式（也可以用虛擬式過去未完成時）

Si yo <u>tuviera</u> mucho tiempo, <u>lo terminaría(terminara)</u> todo.
     虛·過未   條件式   虛·過未

要是我有很多時間的話，就會全部完成了。

---

② 子句前後對調也是一樣

Si + 虛擬式過去未完成時（ra/se）+ 條件式

Lo <u>visitaría(visitara)</u> si <u>tuviera</u> tiempo.
     條件式   虛·過未   虛·過未

要是我有時間的話，就會拜訪他了。

---

③ 與過去事實相反的假設法
- 請先學習虛擬式過去完成時的形態。
- 助動詞 haber 的虛擬式過去未完成時 + 過去分詞

人稱	haber	
Yo	hubiera(-se)	
Tú	hubieras(-ses)	
Él, Ella, Usted	hubiera(-se)	**+ 過去分詞**
Nosotros, Nosotras	hubiéramos(-semos)	llegado, tenido, escrito
Vosotros, Vosotras	hubierais(-seis)	
Ellos, Ellas, Ustedes	hubieran(-sen)	

Si + 　　　虛擬式過去完成時 + 複合條件式

　　　　　hubiera + 過去分詞 + 複合條件式（habría + 過去分詞）
　　或者　hubiera + 過去分詞 + 虛擬式過去完成（虛擬式過去未完成時 ra 形 + 過去分詞）

*請注意這裡的主要子句通常不用虛擬式過去未完成時的se形

要是（當時）我有很多時間的話，就會念更多書了。

Si <u>hubiera tenido</u> mucho tiempo, <u>habría estudiado</u> más.
虛·過完：hubiera + 過去分詞　　　　　　複合條件式：habría + 過去分詞

Si <u>hubiera tenido</u> mucho tiempo, <u>hubiera estudiado</u> más.
虛·過完：hubiera + 過去分詞　　　　虛擬式過去完成：虛擬式過去未完成時 ra 形 + 過去分詞

要是（當時）我有很多錢的話，就會買很大的房子了。

Si <u>hubiera tenido</u> mucho dinero, <u>habría comprado</u> una casa muy grande.
虛·過完：hubiera + 過去分詞　　　　　　複合條件式：habría + 過去分詞

Si <u>hubiera tenido</u> mucho dinero, <u>hubiera comprado</u> una casa muy grande.
虛·過完：hubiera + 過去分詞　　　虛擬式過去完成：虛擬式過去未完成時 ra 形 + 過去分詞

---

03 como si (= cual si) + 虛擬式未完成過去時：好像…似的

• 不管主要子句的動詞時間是什麼，como si 子句都使用虛擬式未完成過去時。
　　Ella habla como si fuera(/fuese) un bebé. 她講話好像嬰兒似的。
　　Él actúa como si fuera(/fuese) un abuelo. 他行動好像老爺爺似的。

04 si + haber 虛擬式未完成過去時 + 過去分詞 = 虛擬式過去完成時子句

　Si yo hubiera tenido más tiempo, lo habría hecho todo.
　要是（當時）我有更多時間的話，就會全部完成了。

陳述式時態總整理

過去未完成時

▶什麼時候使用？

① 回想過去的回憶、講述過去的事情時
  • Mis abuelos eran rubios.
    我爺爺奶奶以前頭髮是金色。

② 過去習慣性或反覆的行為（記憶、回憶）
  • Todos los fines de semana mi hermana y yo íbamos a la biblioteca para hacer los deberes.
    以前我姐姐和我每週末去圖書館做作業。

③ 過去天氣
  • Hacía mucho calor. 那時候非常熱。

④ 過去年齡
  • Tenía 10 años. 那時候我十歲。

⑤ 過去外貌
  • Mi hija era muy bonita. 那時候我的女兒很漂亮。

⑥ 過去性格
  • Cuando era niña yo era muy inteligente.
    我小的時候很聰明。

⑦ 過去時間
  • Eran las 3 de la tarde. 那時候是下午三點。

▶經常連用的副詞性詞語

• cuando era niña/o (pequeña/o) 我小的時候
• antes 以前
• los domingos 每週日
• todos los días 每天
• generalmente (normalmente) 通常
• algunas veces (de vez en cuando, a veces)
  幾次，有時
• a menudo 常常，時常

簡單過去時

▶什麼時候使用？

① 表示過去某個時間點發生的事件、行為
  • En ese momento estuve muy nerviosa.
    那一刻我非常緊張。

② 過去特定期間發生的事實（搭配 **hoy**〔今天〕等較大範圍的時間詞使用時，也是表示已經結束的動作）
  • ¿Qué hiciste hoy? 你今天做了什麼？
  • ¿Cómo te fue hoy? 你今天過得怎樣？
  • ¿Ya llegaron? 他們已經到了嗎？
  • ¿Qué me compraste? 你買了什麼給我？

③ 和現在無關的動作、行動
  • ¿Ya devolviste los libros?
    你已經還書了嗎？
  • ¿Terminaste todas las tareas?
    你完成所有作業了嗎？
  • Ayer no pude ir a la oficina porque estaba muy mal.
    昨天因為我很不舒服，所以不能去辦公室。
  • El bebé eructó.
    嬰兒打嗝了。

▶經常連用的副詞性詞語

• hoy 今天
• ayer 昨天
• ya 已經
• el domingo (pasado) （上）星期日
• un día 有一天，某天
• anoche 昨晚
• antes 以前
• el día anterior 前一天
• una vez 有一次
• dos veces 兩次
• de repente (de pronto) 突然
• finalmente (por fin) 最後，終於

現在時	未來時

現在時

▶什麼時候使用？

① 表示說話那一刻的事實
- Te amo mucho.
  我非常愛你。

② 習慣性的行為
- Yo siempre tomo café.
  我總是（每天）喝咖啡。

③ 一般事實、真理
- La tierra es redonda.
  地球是圓的。

④ 與表示未來的時間副詞連用，可代替未來時
- Por la tarde voy a la casa de Ariel.
  下午我會去阿里爾的家。

▶經常連用的副詞性詞語

- hoy 今天
- ahora 現在
- en/por la noche 晚上
- todo el día 整天
- todos los días 每天
- de repente 突然
- ya 已經
- generalmente (normalmente) 通常

未來時

▶什麼時候使用？

① 未來的行為
- Llegarán la semana que viene. 他們下週會抵達。
- Dentro de unas horas te llamaré.
  我幾小時內會打電話給你。
- Lo terminaremos mañana.
  我們明天會把那件事完成。

② 表示現在的推測、可能性
- Ya serán las 10 de la noche. 應該已經晚上十點了。
- Silvia tendrá unos 40 años. 席維雅大概四十歲吧。
- Creo que ella tendrá 4 hijos.
  我想她應該有四個孩子。
- ¿Quién ganará en este partido? 這場比賽誰會贏？
- ¿De dónde será esa mujer alta y guapa?
  那個又高又美的女人是哪裡人？

③ 命令或禁止
- ¡Vendrás mañana a las 8 en punto!
  你明天八點整過來吧！
- ¡No harás más malas cosas! 你別再做壞事了！
- ¡No saldrás sin aviso! 你不要沒通知就離開！

▶經常連用的副詞性詞語

- mañana 明天
- pasado mañana 後天
- por la tarde 下午
- por la noche 晚上
- después (más tarde, luego) 之後
- después de + v.inf（動詞原形） 做…之後
  después de cenar 吃晚餐後
- después de +（定冠詞）名詞 …之後
  después de (la) cena 晚餐後
- unas horas después 幾小時後
- unos días después 幾天後
- unas semanas después 幾週後
- unos meses después 幾個月後
- unos años después 幾年後
- el viernes que viene (el próximo viernes, el viernes después) 下週五
- la semana que viene (la próxima semana, la semana después) 下週
- el mes que viene (el próximo mes, el mes después) 下個月
- el año que viene (el próximo año, el año después) 明年
- dentro de unas horas 幾個小時之內
- dentro de unos días 幾天內
- dentro de unas semanas 幾週內
- dentro de unos meses 幾個月內
- dentro de unos años 幾年內

過去完成時

▶ 什麼時候使用？

• 又稱為「愈過去完成時」，也就是說某個行為在過去某個時間點之前已經完成了。

過去完成 = **haber** 過去未完成形 + 過去分詞

había
habías
había
habíamos
habíais
habían

+ **hablado, comido, vivido, terminado, cenado, recibido, roto ...**

ya + **haber** 過去未完成 / **cuando** + 簡單過去

• Ya había cerrado el banco cuando llegué.
  我到的時候，銀行已經關了。
• Cuando llegué a la oficina ya había terminado todo el trabajo.
  我到辦公室的時候，他已經把工作全都完成了。
• Me dolía la cabeza porque había estudiado mucho.
  （當時）因為我念了很多書，所以頭很痛。

現在完成時

▶ 什麼時候使用？

① 到現在為止的經驗
  • He estado en Perú. 我待過秘魯。
  • He visitado casi 5 veces a Corea. 我去過韓國五次。
② 從過去持續到現在的動作
  • He estudiado 5 años. 我已經學習了五年。
  • He estado 2 horas de pie. 我已經站了兩小時。
③ 在最近的過去完成的動作（今天、今天早上、不久前、剛剛、這禮拜、上午…）
  • Todo el día no he tenido tiempo para comer. 我一整天都沒時間吃飯。
  • Por la mañana he estado muy ocupado por el proyecto. 我早上為了專案而非常忙。
  • Hemos venido de lejos. 我們是從很遠的地方來的。
  • El bebé ha hecho popó. 嬰兒大便了。

現在完成 = **haber** 現在形 + 過去分詞

he / **has**
ha / **hemos**
habéis / **han**

+ **hablado, comido, vivido**

▶ 經常連用的副詞性詞語

• hoy 今天
• esta semana 這禮拜
• esta mañana 今天早上
• por la mañana 早上
• hace poco tiempo (hace un rato) 一會兒之前
• todavía 還（沒）

附錄：
西班牙語祕笈

西班牙語迷你講座

ser

出生地	• Yo soy de Corea. 我來自韓國。 • Soy de Samsong. 我是三松（韓國地名）人。
國籍	• Yo soy coreana(coreano). 我是韓國人。
職業	• Soy profesora. 我是女老師。 • Soy pianista. 我是鋼琴家。 • Soy cantante. 我是歌手。
顏色	• Mi bolso es negro. 我的包包是黑色的。
材質	• Mi mochila es de cuero. 我的背包是皮革的。
所有	• Es mi libro. 這是我的書。
性格	• Ella es muy buena persona. 她是很好的人。
外貌	• Ella es baja y un poco gordita. 她身高矮，有點胖。
日期	• Hoy es (el) 18 de noviembre. 今天是 11 月 18 日。
時間	• Son las 4 y 50. 現在是 4 點 50 分。

estar

行為的結果	• La casa ya está vendida. 這間房子已經賣掉了。
暫時的狀態 ／問候	• ¿Cómo está tu madre? 你的母親好嗎？ • Está muy bien. 她很好。 • Ella está resfriada. 她感冒。 • Hoy estás muy guapa. 妳今天很美。
距離／時間	• Mi oficina está a 20 minutos en coche. 我的辦公室在開車 20 分鐘的地方。 • Mi casa está a media hora de aquí. 我家在離這裡半小時的地方。
進行	• Estoy estudiando para ir de viaje. 我為了去旅行而正在學習。
顏色	• Está negro el cielo. 天是黑的。
主詞所在位置	問句 • ¿Dónde está/están + 人名? • ¿Dónde está/están + 定冠詞(el, los, la, las) + 場所? • ¿Dónde está/están + 定冠詞(el, los, la, las) + 事物? • ¿Dónde está/están + 定冠詞(el, los, la, las) + 人物? 答句 • 人名 + está + 位置介系詞 + 場所/位置 • 人名 + está + en + 場所/位置 • (el, los, la, las) + 場所 + está/están + en + (el, los, la, las) 場所/位置 • 事物 + está/están + en + (el, los, la, las) 場所/位置 • 人物 + está/están + en + (el, los, la, las) 場所/位置

• ¿Dónde está Corea? 韓國在哪裡？		• Corea está entre Japón y China. 韓國在日本與中國之間。
• ¿Dónde está Silvia? 席維雅在哪裡？		• Silvia está en la cafetería. 席維雅在咖啡店裡。
• ¿Dónde está el libro? 書在哪裡？		• El libro está en la mesa. 書在桌上。
• ¿Dónde está la farmacia? 藥局在哪裡？		• La farmacia está allí. 藥局在那裡。
• ¿Dónde está la profesora? （女）老師在哪裡？		• La profesora está en la biblioteca. （女）老師在圖書館。
日期	• ¿En qué año estamos? 現在是幾年？ • Estamos en 2016. 現在是 2016 年。 • ¿En qué mes estamos? 現在是幾月？ • Estamos cn marzo. 現在是二月。	
季節	• ¿En qué estación estamos? 現在是什麼季節？ • Estamos en verano. 現在是夏天。 • Estamos en la estación de las manzanas. 現在是蘋果（盛產）的季節。	

02) 招呼語

¡Hola!	你好，您好 （任何時間、對象都可以用，是最常用的招呼語）
¡Buenos días!	早安 （限上午使用）（在南美洲可以使用單數：¡Buen día!）
¡Buenas tardes!	下午好
¡Buenas noches!	晚上好
*好的打招呼方式	¡Hola! + ¡Buenos días! + 人名 ¡Hola! + ¡Buenas tardes! + 人名
¡Adiós!	再見 （要去比較遠的地方時、離別時説的話）
¡Chau!	再見 （在南美洲〔阿根廷、祕魯、玻利維亞、烏拉圭〕常用）
¡Chao!	再見
¡Hasta mañana!	明天見
¡Hasta la vista!	下次見
¡Hasta pronto!	一會兒見
¡Hasta luego!	回頭見
¡Hasta ahora!	回頭見（不久就會再見面的情況）

03)

① 0 ~ 20

0	cero	11	once
1	uno	12	doce
2	dos	13	trece
3	tres	14	catorce
4	cuatro	15	quince
5	cinco	16	dieciséis
6	seis	17	diecisiete
7	siete	18	dieciocho
8	ocho	19	diecinueve
9	nueve	20	veinte
10	diez		

② 21 ~ 40

21	veintiuno	31	treinta y uno
22	veintidós	32	treinta y dos
23	veintitrés	33	treinta y tres
24	veinticuatro	34	treinta y cuatro
25	veinticinco	35	treinta y cinco
26	veintiséis	36	treinta y seis
27	veintisiete	37	treinta y siete
28	veintiocho	38	treinta y ocho
29	veintinueve	39	treinta y nueve
30	treinta	40	cuarenta

③ 10 ~ 100（10 的倍數）

10	diez	60	sesenta
20	veinte	70	setenta
30	treinta	80	ochenta
40	cuarenta	90	noventa
50	cincuenta	100	cien

④ 100 ~ 1,000（100 的倍數）

100	cien		700	setecientos
200	doscientos		800	ochocientos
300	trescientos		900	novecientos
400	cuatrocientos		1.000	mil
500	quinientos		2.000	dos mil
600	seiscientos			

04) saber 與 conocer

saber +	conocer +
saber + dónde, cuánto, cómo, quién, por qué 等疑問詞，用來詢問資訊	personas（人）、ciudades（城市）、países（國家）等等

saber + 部分：

- ¿Sabes dónde está Juan?
  你知道胡安在哪裡嗎？

- ¿Sabes quién es Juan?
  你知道胡安是誰嗎？

- ¿Sabes por qué no viene Juan?
  你知道胡安為什麼沒來嗎？

「saber + 動詞原形」表示「懂得怎麼做…」

- Yo sé cocinar muy bien la comida coreana.
  我很會煮韓國料理。

conocer + 部分：

- ¿Conoces Argentina?
  你了解阿根廷嗎？

- ¿Conoces a Juan?
  你認識（見過）胡安嗎？

conocer + a + 人（當受詞是人時，前面加介系詞 a）
conocer + 城市、國家

*conocer 表示初步認識某人，如果要表示「遇見、見到」的話，則使用 encontrar, encontrarse, ver。

- Esta mañana hemos conocido a la nueva profesora de español.
  今天早上我們認識了新的西班牙語老師。

- Quiero ir a España para conocer a nuevos amigos españoles.
  我想要去西班牙認識新的西班牙朋友。

• 動詞與名詞字根結合而成的單字

abre 打開 + latas 罐頭	→	(el/los) abrelatas 開罐器
saca 取出 + corchos 軟木塞	→	(el/los) sacacorchos 開瓶器
cumple 滿週歲 + años 年紀	→	(el/los) cumpleaños 生日
para 擋住 + aguas 水	→	(el/los) paraguas 雨傘
mira 看 + sol 太陽	→	(el/los) mirasol(es) 向日葵
corta 剪 + uñas 指甲	→	(el/los) cortaúñas 指甲剪

.	el punto	句號
,	la coma	逗號
:	los dos puntos	冒號
;	el punto y coma	分號
...	los puntos suspensivos	刪節號
" " / ' '	las comillas	引號
¿ ?	los signos de interrogación	問號
¡ !	los signos de exclamación	驚嘆號
–	la raya	破折號
-	el guión	連字號
~	el tilde	波浪號
¨	la dieresis o crema	分音符號（例如在 pingüino, vergüenza 等單字中使用）
( )	los paréntesis	括號
[ ]	los paréntesis angulares, los corchetes	方括號
{ }	los corchetes, las llaves	大括號
/	barra diagonal	斜線
*	asterisco	星號

1	acabar de	剛剛做了…		29	ir a	將會做…，即將做…
2	acabar por	結果…，終於…		30	llevar a	導致…
3	acompañar a	陪同做…		31	lograr	成功做到…
4	aconsejar	勸告做…，建議做…		32	luchar por	為了…奮鬥
5	alcanzar a	能夠做…		33	marcharse a	動身去…
6	alegrarse de	做…很高興		34	necesitar	必須做…
7	aprender a	學習做…		35	parar de	停止…
8	atreverse a	敢做…		36	olvidarse de	忘記做…
9	ayudar a	幫忙做…		37	pasar a	變得…，成為…
10	comenzar a	開始做…		38	pensar	考慮做…
11	concluir de	結束…		39	permitir	許可…
12	dar de	給某人做…		40	poder	能做…
13	deber	必須做…		41	ponerse a	開始…
14	deber de	大概，應該…		42	precipitarse a	急忙做…
15	decidir(se)	決定做…		43	preferir	偏好做…
16	dedicar mucho tiempo a	投入許多時間做…		44	pretender	試圖做…
17	dejar de	停止做…		45	prohibir	禁止做…
18	echar a	開始，…了起來		46	procederse a	著手進行…
19	echarse a	開始，…了起來		47	quedarse a	留下來做…
20	empezar a	開始做…		48	querer	想要做…
21	enseñar a	教導…		49	referir a	提到…
22	entretenerse en (/con)	做…當作消遣		50	saber	懂得怎麼做…
23	esperar	期望…		51	salir a	離開、出發去做…
24	haber de	務必做…，必須做…		52	tener que	必須做…
25	impulsar a	促使做…		53	tratar de	努力做…
26	insistir en	堅持要做…		54	venir a	來做…（為了做…而來）
27	intentar	力圖做…		55	volver a	又…，重新做…
28	invitar a	邀請做…				

$$\underline{\text{Hablar}} = \underline{\text{Habl}} \ \underline{\text{ar}}$$

原形　　字根　字尾

	陳述式、條件式					虛擬式			其他		
	陳述式現在時 字根＋	陳述式未來時 原形＋	條件式 原形＋	陳述式過去未完成時 字根＋	陳述式簡單過去時 字根＋	虛擬式過去未完成時	虛擬式未來時	虛擬式現在時 字根＋	命令式 字根＋	現在分詞 字根＋	過去分詞 字根＋
-ar	-o -as -a -amos -áis -an			-aba -abas -aba -ábamos -abais -aban	-é -aste -ó -amos -asteis -aron			-e -es -e -emos -éis -en	-a -e → -emos → -ad -en →	-ando	-ado
-er	-o -es -e -emos -éis -en	-é -ás -á -emos -éis -án	-ía -ías -ía -íamos -íais -ían			-ra -ras -ra -ramos -rais -ran	-re -res -re -remos -reis -ren	-a -as -a -amos -áis -an	-e -a → -amos → -ed -an →	-iendo	-ido
-ir	-o -es -e -imos -ís -en			-ía -ías -ía -íamos -íais -ían	-í -iste -ió -imos -isteis -ieron			-a -as -a -amos -áis -an	-e -a → -amos → -id -an →	-iendo	-ido

*編註：虛擬式未來時（正式名稱為「虛擬式將來未完成時」）現今已少用，因此在本書中並未介紹，在此僅作為參考。

① tion → ción

inglés	español	chino mandarín
vacation	vacación	假期
population	población	人口
habitation	habitación	房間，居住
station	estación	車站，季節
presentation	presentación	介紹，簡報
nation	nación	國家
reception	recepción	接收，歡迎
information	información	資訊，訊息

② sion → sión

inglés	español	chino mandarín
session	sesión	期間，時間
occasion	ocasión	機會
decision	decisión	決定
passion	pasión	熱情
commision	comisión	佣金，代銷費

Señor Santiago 的動詞記憶祕訣

01) 動詞變化

1) 第一變位

		現在	簡單過去	過去未完成	未來	條件式	虛擬現在	虛擬過去未完	現在分詞
hablar 講話，談話，交談	yo	hablo	hablé	hablaba	hablaré	hablaría	hable	hablara	hablando
	tú	hablas	hablaste	hablabas	hablarás	hablarías	hables	hablaras	
	él/ella/ud	habla	habló	hablaba	hablará	hablaría	hable	hablara	過去分詞
	nosotros	hablamos	hablamos	hablábamos	hablaremos	hablaríamos	hablemos	habláramos	hablado
	vosotros	habláis	hablasteis	hablabais	hablaréis	hablaríais	habléis	hablarais	
	ellos(as)/uds	hablan	hablaron	hablaban	hablarán	hablarían	hablen	hablaran	

2) 第二變位

		現在	簡單過去	過去未完成	未來	條件式	虛擬現在	虛擬過去未完	現在分詞
comer 吃（午餐等）	yo	como	comí	comía	comeré	comería	coma	comiera	comiendo
	tú	comes	comiste	comías	comerás	comerías	comas	comieras	
	él/ella/ud	come	comió	comía	comerá	comería	coma	comiera	過去分詞
	nosotros	comemos	comimos	comíamos	comeremos	comeríamos	comamos	comiéramos	comido
	vosotros	coméis	comisteis	comíais	comeréis	comeríais	comáis	comierais	
	ellos(as)/uds	comen	comieron	comían	comerán	comerían	coman	comieran	

3) 第三變位

		現在	簡單過去	過去未完成	未來	條件式	虛擬現在	虛擬過去未完	現在分詞
vivir 生活，居住	yo	vivo	viví	vivía	viviré	viviría	viva	viviera	viviendo
	tú	vives	viviste	vivías	vivirás	vivirías	vivas	vivieras	
	él/ella/ud	vive	vivió	vivía	vivirá	viviría	viva	viviera	過去分詞
	nosotros	vivimos	vivimos	vivíamos	viviremos	viviríamos	vivamos	viviéramos	vivido
	vosotros	vivís	vivisteis	vivíais	viviréis	viviríais	viváis	vivierais	
	ellos(as)/uds	viven	vivieron	vivían	vivirán	vivirían	vivan	vivieran	

4) 特殊動詞

	現在	簡單過去	過去未完成	未來 (規)	條件式 (規)	虛擬現在	虛擬過去未完	現在分詞
ser 是…	soy	fui	era	seré	sería	sea	fuera	siendo
	eres	fuiste	eras	serás	serías	seas	fueras	
	es	fue	era	será	sería	sea	fuera	過去分詞
	somos	fuimos	éramos	seremos	seríamos	seamos	fuéramos	sido
	sois	fuisteis	erais	seréis	seríais	seáis	fuerais	
	son	fueron	eran	serán	serían	sean	fueran	

	現在	簡單過去	過去未完成	未來 (規)	條件式 (規)	虛擬現在	虛擬過去未完	現在分詞
estar 是… （狀態）， 在… （位置）	estoy	estuve	estaba	estaré	estaría	esté	estuviera	estando
	estás	estuviste	estabas	estarás	estarías	estés	estuvieras	
	está	estuvo	estaba	estará	estaría	esté	estuviera	過去分詞
	estamos	estuvimos	estábamos	estaremos	estaríamos	estemos	estuviéramos	estado
	estáis	estuvisteis	estabais	estaréis	estaríais	estéis	estuvierais	
	están	estuvieron	estaban	estarán	estarían	estén	estuvieran	

	現在	簡單過去	過去未完成 (規)	未來	條件式	虛擬現在	虛擬過去未完	現在分詞
haber haber + 過去分詞 ＝完成時態	he	hube	había	habré	habría	haya	hubiera	habiendo
	has	hubiste	habías	habrás	habrías	hayas	hubieras	
	ha	hubo	había	habrá	habría	haya	hubiera	過去分詞
	hemos	hubimos	habíamos	habremos	habríamos	hayamos	hubiéramos	habido
	habéis	hubistéis	habíais	habréis	habríais	hayáis	hubierais	
	han	hubieron	habían	habrán	habrían	hayan	hubieran	

	現在	簡單過去	過去未完成	未來	條件式	虛擬現在	虛擬過去未完	現在分詞
ir 去 ＋de＋行為名詞 ＝去做… ＋con＋人 ＝和…一起去 ＋con＋服飾 ＝穿著去	voy	fui	iba	iré	iría	vaya	fuera	yendo
	vas	fuiste	ibas	irás	irías	vayas	fueras	
	va	fue	iba	irá	iría	vaya	fuera	過去分詞
	vamos	fuimos	íbamos	iremos	iríamos	vayamos	fuéramos	ido
	vais	fuisteis	ibais	iréis	iríais	vayáis	fuerais	
	van	fueron	iban	irán	irían	vayan	fueran	

	現在	簡單過去	過去未完成	未來	條件式	虛擬現在	虛擬過去未完	現在分詞
ver 看， 看見， 會見	veo	vi	veía	veré	vería	vea	viera	viendo
	ves	viste	veías	verás	verías	veas	vieras	
	ve	vio	veía	verá	vería	vea	viera	過去分詞
	vemos	vimos	veíamos	veremos	veríamos	veamos	viéramos	visto
	veis	visteis	veíais	veréis	veríais	veáis	vierais	
	ven	vieron	veían	verán	verían	vean	vieran	

	現在	簡單過去	過去未完成	未來	條件式	虛擬現在	虛擬過去未完	現在分詞
dar 給， 舉行（活動）	doy	di	daba	daré	daría	dé	diera	dando
	das	diste	dabas	darás	darías	des	dieras	
	da	dio	daba	dará	daría	dé	diera	過去分詞
	damos	dimos	dábamos	daremos	daríamos	demos	diéramos	dado
	dais	disteis	dabais	daréis	daríais	deis	dierais	
	dan	dieron	daban	darán	darían	den	dieran	

	現在	簡單過去	過去未完成	未來	條件式	虛擬現在	虛擬過去未完	現在分詞
saber 知道 ＋疑問詞 ＝詢問資訊 ＋動詞原形 ＝懂得怎麼做	sé	supe	sabía	sabré	sabría	sepa	supiera	sabiendo
	sabes	supiste	sabías	sabrás	sabrías	sepas	supieras	
	sabe	supo	sabía	sabrá	sabría	sepa	supiera	過去分詞
	sabemos	supimos	sabíamos	sabremos	sabríamos	sepamos	supiéramos	sabido
	sabéis	supisteis	sabíais	sabréis	sabríais	sepáis	supierais	
	saben	supieron	sabían	sabrán	sabrían	sepan	supieran	

	現在	簡單過去	過去未完成	未來	條件式	虛擬現在	虛擬過去未完	現在分詞
conocer ＋場所 ＝了解，熟悉 ＋人 ＝認識…	conozco	conocí	conocía	conoceré	conocería	conozca	conociera	conociendo
	conoces	conociste	conocías	conocerás	conocerías	conozcas	conocieras	
	conoce	conoció	conocía	conocerá	conocería	conozca	conociera	過去分詞
	conocemos	conocimos	conocíamos	conoceremos	conoceríamos	conozcamos	conociéramos	conocido
	conocéis	conocisteis	conocíais	conoceréis	conoceríais	conozcáis	conocierais	
	conocen	conocieron	conocían	conocerán	conocerían	conozcan	conocieran	

1) 現在時

① o → ue

	現在	簡單過去	過去未完成	未來	條件式	虛擬現在	虛擬過去未完	現在分詞
contar 數算， 講述	cuento	conté	contaba	contaré	contaría	cuente	contara	contando
	cuentas	contaste	contabas	contarás	contarías	cuentes	contaras	
	cuenta	contó	contaba	contará	contaría	cuente	contara	過去分詞
	contamos	contamos	contábamos	contaremos	contaríamos	contemos	contáramos	contado
	contáis	contasteis	contabais	contaréis	contaríais	contéis	contarais	
	cuentan	contaron	contaban	contarán	contarían	cuenten	contaran	

	現在	簡單過去	過去未完成	未來	條件式	虛擬現在	虛擬過去未完	現在分詞
almorzar 吃午餐	almuerzo	almorcé	almorzaba	almorzaré	almorzaría	almuerce	almorzara	almorzando
	almuerzas	almorzaste	almorzabas	almorzarás	almorzarías	almuerces	almorzaras	
	almuerza	almorzó	almorzaba	almorzará	almorzaría	almuerce	almorzara	過去分詞
	almorzamos	almorzamos	almorzábamos	almorzaremos	almorzaríamos	almorcemos	almorzáramos	almorzado
	almorzáis	almorzasteis	almorzabais	almorzaréis	almorzaríais	almorcéis	almorzarais	
	almuerzan	almorzaron	almorzaban	almorzarán	almorzarían	almuercen	almorzaran	

	現在	簡單過去	過去未完成	未來	條件式	虛擬現在	虛擬過去未完	現在分詞
encontrar 找到， 遇到， 發現，認為	encuentro	encontré	encontraba	encontraré	encontraría	encuentre	encontrara	encontrando
	encuentras	encontraste	encontrabas	encontrarás	encontrarías	encuentres	encontraras	
	encuentra	encontró	encontraba	encontrará	encontraría	encuentre	encontrara	過去分詞
	encontramos	encontramos	encontrábamos	encontraremos	encontraríamos	encontremos	encontráramos	encontrado
	encontráis	encontrasteis	encontrabais	encontraréis	encontraríais	encontréis	encontrarais	
	encuentran	encontraron	encontraban	encontrarán	encontrarían	encuentren	encotraran	

	現在	簡單過去	過去未完成	未來	條件式	虛擬現在	虛擬過去未完	現在分詞
volar 飛， 飛揚	vuelo	volé	volaba	volaré	volaría	vuele	volara	volando
	vuelas	volaste	volabas	volarás	volarías	vueles	volaras	
	vuela	voló	volaba	volará	volaría	vuele	volara	過去分詞
	volamos	volamos	volábamos	volaremos	volaríamos	volemos	voláramos	volado
	voláis	volasteis	volabais	voláréis	volaríais	voléis	volarais	
	vuelan	volaron	volaban	volarán	volarían	vuelen	volaran	

	現在	簡單過去	過去未完成	未來	條件式	虛擬現在	虛擬過去未完	現在分詞
recordar 記得， 記住， 想起， 提醒	recuerdo	recordé	recordaba	recordaré	recordaría	recuerde	recordara	recordando
	recuerdas	recordaste	recordabas	recordarás	recordarías	recuerdes	recordaras	
	recuerda	recordó	recordaba	recordará	recordaría	recuerde	recordara	過去分詞
	recordamos	recordamos	recordábamos	recordaremos	recordaríamos	recordemos	recordáramos	recordado
	recordáis	recordasteis	recordabais	recordaréis	recordaríais	recordéis	recordarais	
	recuerdan	recordaron	recordaban	recordarán	recordarían	recuerden	recordaran	

	現在	簡單過去	過去未完成	未來	條件式	虛擬現在	虛擬過去未完	現在分詞
acordar 同意， 商定， 提醒	acuerdo	acordé	acordaba	acordaré	acordaría	acuerde	acordara	acordando
	acuerdas	acordaste	acordabas	acordarás	acordarías	acuerdes	acordaras	
	acuerda	acordó	acordaba	acordará	acordaría	acuerde	acordara	過去分詞
	acordamos	acordamos	acordábamos	acordaremos	acordaríamos	acordemos	acordáramos	acordado
	acordáis	acordasteis	acordabais	acordaréis	acordaríais	acordéis	acordarais	
	acuerdan	acordaron	acordaban	acordarán	acordarían	acuerden	acordaran	

	現在	簡單過去	過去未完成	未來	條件式	虛擬現在	虛擬過去未完	現在分詞
mover 搬動， 移動， 搖動	muevo	moví	movía	moveré	movería	mueva	moviera	moviendo
	mueves	moviste	movías	moverás	moverías	muevas	movieras	
	mueve	movió	movía	moverá	movería	mueva	moviera	過去分詞
	movemos	movimos	movíamos	moveremos	moveríamos	movamos	moviéramos	movido
	movéis	movisteis	movíais	moveréis	moveríais	mováis	movierais	
	mueven	movieron	movían	moverán	moverían	muevan	movieran	

	現在	簡單過去	過去未完成	未來	條件式	虛擬現在	虛擬過去未完	現在分詞
poder 能夠… *當名詞時表 示權力、力量	puedo	pude	podía	podré	podría	pueda	pudiera	pudiendo
	puedes	pudiste	podías	podrás	podrías	puedas	pudieras	
	puede	pudo	podía	podrá	podría	pueda	pudiera	**過去分詞**
	podemos	pudimos	podíamos	podremos	podríamos	podamos	pudiéramos	podido
	podéis	pudisteis	podíais	podréis	podríais	podáis	pudierais	
	pueden	pudieron	podían	podrán	podrían	puedan	pudieran	

	現在	簡單過去	過去未完成	未來	條件式	虛擬現在	虛擬過去未完	現在分詞
volver 回來， 返回， 翻轉， 回報	vuelvo	volví	volvía	volveré	volvería	vuelva	volviera	volviendo
	vuelves	volviste	volvías	volverás	volverías	vuelvas	volvieras	
	vuelve	volvió	volvía	volverá	volvería	vuelva	volviera	**過去分詞**
	volvemos	volvimos	volvíamos	volveremos	volveríamos	volvamos	volviéramos	vuelto
	volvéis	volvisteis	volvíais	volveréis	volveríais	volváis	volvierais	
	vuelven	volvieron	volvían	volverán	volverían	vuelvan	volvieran	

	現在	簡單過去	過去未完成	未來	條件式	虛擬現在	虛擬過去未完	現在分詞
soler 經常…， 慣於…	suelo	solí	solía			suela	soliera	不適用
	sueles	soliste	solías			suelas	solieras	
	suele	solió	solía	不適用	不適用	suela	soliera	**過去分詞**
	solemos	solimos	solíamos			solamos	soliéramos	
	soléis	solisteis	solíais			soláis	solierais	不適用
	suelen	solieron	solían			suelan	solieran	

	現在	簡單過去	過去未完成	未來	條件式	虛擬現在	虛擬過去未完	現在分詞
dormir 睡，睡覺， 睡著	duermo	dormí	dormía	dormiré	dormiría	duerma	durmiera	durmiendo
	duermes	dormiste	dormías	dormirás	dormirías	duermas	durmieras	
	duerme	durmió	dormía	dormirá	dormiría	duerma	durmiera	**過去分詞**
	dormimos	dormimos	dormíamos	dormiremos	dormiríamos	durmamos	durmiéramos	dormido
	dormís	dormisteis	dormíais	dormiréis	dormiríais	durmáis	durmierais	
	duermen	durmieron	dormían	dormirán	dormirían	duerman	durmieran	

	現在	簡單過去	過去未完成	未來	條件式	虛擬現在	虛擬過去未完	現在分詞
morir 死	muero	morí	moría	moriré	moriría	muera	muriera	muriendo
	mueres	moriste	morías	morirás	morirías	mueras	murieras	
	muere	murió	moría	morirá	moriría	muera	muriera	過去分詞
	morimos	morimos	moríamos	moriremos	moriríamos	muramos	muriéramos	muerto
	morís	moristeis	moríais	moriréis	moriríais	muráis	murierais	
	mueren	murieron	morían	morirán	morirían	mueran	murieran	

② u → ue

	現在	簡單過去	過去未完成	未來	條件式	虛擬現在	虛擬過去未完	現在分詞
jugar 玩， 參加體育比賽	juego	jugué	jugaba	jugaré	jugaría	juegue	jugara	jugando
	juegas	jugaste	jugabas	jugarás	jugarías	juegues	jugaras	
	juega	jugó	jugaba	jugará	jugaría	juegue	jugara	過去分詞
	jugamos	jugamos	jugábamos	jugaremos	jugaríamos	juguemos	jugáramos	jugado
	jugáis	jugasteis	jugabais	jugaréis	jugaríais	juguéis	jugarais	
	juegan	jugaron	jugaban	jugarán	jugarían	jueguen	jugaran	

③ e → i

	現在	簡單過去	過去未完成	未來	條件式	虛擬現在	虛擬過去未完	現在分詞
pedir 請求， 懇求， 要求， 訂購	pido	pedí	pedía	pediré	pediría	pida	pidiera	pidiendo
	pides	pediste	pedías	pedirás	pedirías	pidas	pidieras	
	pide	pidió	pedía	pedirá	pediría	pida	pidiera	過去分詞
	pedimos	pedimos	pedíamos	pediremos	pediríamos	pidamos	pidiéramos	pedido
	pedís	pedisteis	pedíais	pediréis	pediríais	pidáis	pidierais	
	piden	pidieron	pedían	pedirán	pedirían	pidan	pidieran	

	現在	簡單過去	過去未完成	未來	條件式	虛擬現在	虛擬過去未完	現在分詞
seguir 跟隨， 遵循， 繼續	sigo	seguí	seguía	seguiré	seguiría	siga	siguiera	siguiendo
	sigues	seguiste	seguías	seguirás	seguirías	sigas	siguieras	
	sigue	siguió	seguía	seguirá	seguiría	siga	siguiera	過去分詞
	seguimos	seguimos	seguíamos	seguiremos	seguiríamos	sigamos	siguiéramos	seguido
	seguís	seguisteis	seguíais	seguiréis	seguiríais	sigáis	siguierais	
	siguen	siguieron	seguían	seguirán	seguirían	sigan	siguieran	

	現在	簡單過去	過去未完成	未來	條件式	虛擬現在	虛擬過去未完	現在分詞
servir 服務，服侍	sirvo	serví	servía	serviré	serviría	sirva	sirviera	sirviendo
	sirves	serviste	servías	servirás	servirías	sirvas	sirvieras	
	sirve	sirvió	servía	servirá	serviría	sirva	sirviera	過去分詞
	servimos	servimos	servíamos	serviremos	serviríamos	sirvamos	sirviéramos	servido
	servís	servisteis	servíais	serviréis	serviríais	sirváis	sirvierais	
	sirven	sirvieron	servían	servirán	servirían	sirvan	sirvieran	

	現在	簡單過去	過去未完成	未來	條件式	虛擬現在	虛擬過去未完	現在分詞
repetir 重覆，重說	repito	repetí	repetía	repetiré	repetiría	repita	repitiera	repitiendo
	repites	repetiste	repetías	repetirás	repetirías	repitas	repitieras	
	repite	repitió	repetía	repetirá	repetiría	repita	repitiera	過去分詞
	repetimos	repetimos	repetíamos	repetiremos	repetiríamos	repitamos	repitiéramos	repetido
	repetís	repetisteis	repetíais	repetiréis	repetiríais	repitáis	repitierais	
	repiten	repitieron	repetían	repetirán	repetirían	repitan	repitieran	

	現在	簡單過去	過去未完成	未來	條件式	虛擬現在	虛擬過去未完	現在分詞
conseguir 獲得， 得到， 達到	consigo	conseguí	conseguía	conseguiré	conseguiría	consiga	consiguiera	consiguiendo
	consigues	conseguiste	conseguías	conseguirás	conseguirías	consigas	consiguieras	
	consigue	consiguió	conseguía	conseguirá	conseguiría	consiga	consiguiera	過去分詞
	conseguimos	conseguimos	conseguíamos	conseguiremos	conseguiríamos	consigamos	consiguiéramos	conseguido
	conseguís	conseguisteis	conseguíais	conseguiréis	conseguiríais	consigáis	consiguierais	
	consiguen	consiguieron	conseguían	conseguirán	conseguirían	consigan	consiguieran	

④ e → ie

	現在	簡單過去	過去未完成	未來	條件式	虛擬現在	虛擬過去未完	現在分詞
pensar 想，思考	pienso	pensé	pensaba	pensaré	pensaría	piense	pensara	pensando
	piensas	pensaste	pensabas	pensarás	pensarías	pienses	pensaras	
	piensa	pensó	pensaba	pensará	pensaría	piense	pensara	過去分詞
	pensamos	pensamos	pensábamos	pensaremos	pensaríamos	pensemos	pensáramos	pensado
	pensáis	pensasteis	pensabais	pensaréis	pensaríais	penséis	pensarais	
	piensan	pensaron	pensaban	pensarán	pensarían	piensen	pensaran	

	現在	簡單過去	過去未完成	未來	條件式	虛擬現在	虛擬過去未完	現在分詞
cerrar 關閉， 鎖上， 閉上	cierro	cerré	cerraba	cerraré	cerraría	cierre	cerrara	cerrando
	cierras	cerraste	cerrabas	cerrarás	cerrarías	cierres	cerraras	
	cierra	cerró	cerraba	cerrará	cerraría	cierre	cerrara	過去分詞
	cerramos	cerramos	cerrábamos	cerraremos	cerraríamos	cerremos	cerráramos	cerrado
	cerráis	cerrasteis	cerrabais	cerraréis	cerraríais	cerréis	cerrarais	
	cierran	cerraron	cerraban	cerrarán	cerrarían	cierren	cerraran	

	現在	簡單過去	過去未完成	未來	條件式	虛擬現在	虛擬過去未完	現在分詞
empezar 開始， 使開始	empiezo	empecé	empezaba	empezaré	empezaría	empiece	empezara	empezando
	empiezas	empezaste	empezabas	empezarás	empezarías	empieces	empezaras	
	empieza	empezó	empezaba	empezará	empezaría	empiece	empezara	過去分詞
	empezamos	empezamos	empezábamos	empezaremos	empezaríamos	empecemos	empezáramos	empezado
	empezáis	empezasteis	empezabais	empezaréis	empezaríais	empecéis	empezarais	
	empiezan	empezaron	empezaban	empezarán	empezarían	empiecen	empezaran	

	現在	簡單過去	過去未完成	未來	條件式	虛擬現在	虛擬過去未完	現在分詞
entender 理解，懂	entiendo	entendí	entendía	entenderé	entendería	entienda	entendiera	entendiendo
	entiendes	entendiste	entendías	entenderás	entenderías	entiendas	entendieras	
	entiende	entendió	entendía	entenderá	entendería	entienda	entendiera	過去分詞
	entendemos	entendimos	entendíamos	entenderemos	entenderíamos	entendamos	entendiéramos	entendido
	entendéis	entendisteis	entendíais	entenderéis	entenderíais	entendáis	entendierais	
	entienden	entendieron	entendían	entenderán	entenderían	entiendan	entendieran	

	現在	簡單過去	過去未完成	未來	條件式	虛擬現在	虛擬過去未完	現在分詞
perder 失去， 遺失， 錯過， 浪費	pierdo	perdí	perdía	perderé	perdería	pierda	perdiera	perdiendo
	pierdes	perdiste	perdías	perderás	perderías	pierdas	perdieras	
	pierde	perdió	perdía	perderá	perdería	pierda	perdiera	過去分詞
	perdemos	perdimos	perdíamos	perderemos	perderíamos	perdamos	perdiéramos	perdido
	perdéis	perdisteis	perdíais	perderéis	perderíais	perdáis	perdierais	
	pierden	perdieron	perdían	perderán	perderían	pierdan	perdieran	

querer 想要, 希望,愛	現在	簡單過去	過去未完成	未來	條件式	虛擬現在	虛擬過去未完	現在分詞
	quiero	quise	quería	querré	querría	quiera	quisiera	queriendo
	quieres	quisiste	querías	querrás	querrías	quieras	quisieras	
	quiere	quiso	quería	querrá	querría	quiera	quisiera	過去分詞
	queremos	quisimos	queríamos	querremos	querríamos	queramos	quisiéramos	querido
	queréis	quisisteis	queríais	querréis	querríais	queráis	quisierais	
	quieren	quisieron	querían	querrán	querrían	quieran	quisieran	

preferir 偏好, 比較喜歡…	現在	簡單過去	過去未完成	未來	條件式	虛擬現在	虛擬過去未完	現在分詞
	prefiero	preferí	prefería	preferiré	preferiría	prefiera	prefiriera	prefiriendo
	prefieres	preferiste	preferías	preferirás	preferirías	prefieras	prefirieras	
	prefiere	prefirió	prefería	preferirá	preferiría	prefiera	prefiriera	過去分詞
	preferimos	preferimos	preferíamos	preferiremos	preferiríamos	prefiramos	prefiriéramos	preferido
	preferís	preferisteis	preferíais	preferiréis	preferiríais	prefiráis	prefirierais	
	prefieren	prefirieron	preferían	preferirán	preferirían	prefieran	prefirieran	

sentir 感覺	現在	簡單過去	過去未完成	未來	條件式	虛擬現在	虛擬過去未完	現在分詞
	siento	sentí	sentía	sentiré	sentiría	sienta	sintiera	sintiendo
	sientes	sentiste	sentías	sentirás	sentirías	sientas	sintieras	
	siente	sintió	sentía	sentirá	sentiría	sienta	sintiera	過去分詞
	sentimos	sentimos	sentíamos	sentiremos	sentiríamos	sintamos	sintiéramos	sentido
	sentís	sentisteis	sentíais	sentiréis	sentiríais	sintáis	sintierais	
	sienten	sintieron	sentían	sentirán	sentirían	sientan	sintieran	

⑤ 第一人稱 -go

poner 放置, 使穿上（衣 服）, 設立	現在	簡單過去	過去未完成	未來	條件式	虛擬現在	虛擬過去未完	現在分詞
	pongo	puse	ponía	pondré	pondría	ponga	pusiera	poniendo
	pones	pusiste	ponías	pondrás	pondrías	pongas	pusieras	
	pone	puso	ponía	pondrá	pondría	ponga	pusiera	過去分詞
	ponemos	pusimos	poníamos	pondremos	pondríamos	pongamos	pusiéramos	puesto
	ponéis	pusisteis	poníais	pondréis	pondríais	pongáis	pusierais	
	ponen	pusieron	ponían	pondrán	pondrían	pongan	pusieran	

	現在	簡單過去	過去未完成	未來	條件式	虛擬現在	虛擬過去未完	現在分詞
hacer 做，製作	hago	hice	hacía	haré	haría	haga	hiciera	haciendo
	haces	hiciste	hacías	harás	harías	hagas	hicieras	
	hace	hizo	hacía	hará	haría	haga	hiciera	過去分詞
	hacemos	hicimos	hacíamos	haremos	haríamos	hagamos	hiciéramos	hecho
	hacéis	hicisteis	hacíais	haréis	haríais	hagáis	hicierais	
	hacen	hicieron	hacían	harán	harían	hagan	hicieran	

	現在	簡單過去	過去未完成	未來	條件式	虛擬現在	虛擬過去未完	現在分詞
salir 出去， 離開， 出現	salgo	salí	salía	saldré	saldría	salga	saliera	saliendo
	sales	saliste	salías	saldrás	saldrías	salgas	salieras	
	sale	salió	salía	saldrá	saldría	salga	saliera	過去分詞
	salimos	salimos	salíamos	saldremos	saldríamos	salgamos	saliéramos	salido
	salís	salisteis	salíais	saldréis	saldríais	salgáis	salierais	
	salen	salieron	salían	saldrán	saldrían	salgan	salieran	

	現在	簡單過去	過去未完成	未來	條件式	虛擬現在	虛擬過去未完	現在分詞
traer 帶來，拿來	traigo	traje	traía	traeré	traería	traiga	trajera	trayendo
	traes	trajiste	traías	traerás	traerías	traigas	trajeras	
	trae	trajo	traía	traerá	traería	traiga	trajera	過去分詞
	traemos	trajimos	traíamos	traeremos	traeríamos	traigamos	trajéramos	traído
	traéis	trajisteis	traíais	traeréis	traeríais	traigáis	trajerais	
	traen	trajeron	traían	traerán	traerían	traigan	trajeran	

	現在	簡單過去	過去未完成	未來	條件式	虛擬現在	虛擬過去未完	現在分詞
oir 聽，聽到	oigo	oí	oía	oiré	oiría	oiga	oyera	oyendo
	oyes	oíste	oías	oirás	oirías	oigas	oyeras	
	oye	oyó	oía	oirá	oiría	oiga	oyera	過去分詞
	oímos	oímos	oíamos	oiremos	oiríamos	oigamos	oyéramos	oído
	oís	oísteis	oíais	oiréis	oiríais	oigáis	oyerais	
	oyen	oyeron	oían	oirán	oirían	oigan	oyeran	

tener	現在	簡單過去	過去未完成	未來	條件式	虛擬現在	虛擬過去未完	現在分詞
擁有，拿，有多少年齡（幾歲），有哪些家人，有什麼身體特徵，有工作、課、會議，度過日子	tengo	tuve	tenía	tendré	tendría	tenga	tuviera	teniendo
	tienes	tuviste	tenías	tendrás	tendrías	tengas	tuvieras	
	tiene	tuvo	tenía	tendrá	tendría	tenga	tuviera	過去分詞
	tenemos	tuvimos	teníamos	tendremos	tendríamos	tengamos	tuviéramos	tenido
	tenéis	tuvisteis	teníais	tendréis	tendríais	tengáis	tuvierais	
	tienen	tuvieron	tenían	tendrán	tendrían	tengan	tuvieran	

venir	現在	簡單過去	過去未完成	未來	條件式	虛擬現在	虛擬過去未完	現在分詞
來，過來	vengo	vine	venía	vendré	vendría	venga	viniera	viniendo
	vienes	viniste	venías	vendrás	vendrías	vengas	vinieras	
	viene	vino	venía	vendrá	vendría	venga	viniera	過去分詞
	venimos	vinimos	veníamos	vendremos	vendríamos	vengamos	viniéramos	venido
	venís	vinisteis	veníais	vendréis	vendríais	vengáis	vinierais	
	vienen	vinieron	venían	vendrán	vendrían	vengan	vinieran	

decir	現在	簡單過去	過去未完成	未來	條件式	虛擬現在	虛擬過去未完	現在分詞
說，告訴	digo	dije	decía	diré	diría	diga	dijera	diciendo
	dices	dijiste	decías	dirás	dirías	digas	dijeras	
	dice	dijo	decía	dirá	diría	diga	dijera	過去分詞
	decimos	dijimos	decíamos	diremos	diríamos	digamos	dijéramos	dicho
	decís	dijisteis	decíais	diréis	diríais	digáis	dijerais	
	dicen	dijeron	decían	dirán	dirían	digan	dijeran	

⑥ 特殊動詞

ser	現在	簡單過去	過去未完成	未來	條件式	虛擬現在	虛擬過去未完	現在分詞
是…，存在	soy	fui	era	seré	sería	sea	fuera	siendo
	eres	fuiste	eras	serás	serías	seas	fueras	
	es	fue	era	será	sería	sea	fuera	過去分詞
	somos	fuimos	éramos	seremos	seríamos	seamos	fuéramos	sido
	sois	fuisteis	erais	seréis	seríais	seáis	fuerais	
	son	fueron	eran	serán	serían	sean	fueran	

	現在	簡單過去	過去未完成	未來	條件式	虛擬現在	虛擬過去未完	現在分詞
estar 是…（狀態） 在…（位置） 正在…	estoy	estuve	estaba	estaré	estaría	esté	estuviera	estando
	estás	estuviste	estabas	estarás	estarías	estés	estuvieras	
	está	estuvo	estaba	estará	estaría	esté	estuviera	過去分詞
	estamos	estuvimos	estábamos	estaremos	estaríamos	estemos	estuviéramos	estado
	estáis	estuvisteis	estabais	estaréis	estaríais	estéis	estuvierais	
	están	estuvieron	estaban	estarán	estarían	estén	estuvieran	

	現在	簡單過去	過去未完成	未來	條件式	虛擬現在	虛擬過去未完	現在分詞
haber 完成時 助動詞； 有（hay， 表示存在）	he	hube	había	habré	habría	haya	hubiera	habiendo
	has	hubiste	habías	habrás	habrías	hayas	hubieras	
	ha(hay)	hubo	había	habrá	habría	haya	hubiera	過去分詞
	hemos	hubimos	habíamos	habremos	habríamos	hayamos	hubiéramos	habido
	habéis	hubisteis	habíais	habréis	habríais	hayáis	hubierais	
	han	hubieron	habían	habrán	habrían	hayan	hubieran	

	現在	簡單過去	過去未完成	未來	條件式	虛擬現在	虛擬過去未完	現在分詞
ir 去	voy	fui	iba	iré	iría	vaya	fuera	yendo
	vas	fuiste	ibas	irás	irías	vayas	fueras	
	va	fue	iba	irá	iría	vaya	fuera	過去分詞
	vamos	fuimos	íbamos	iremos	iríamos	vayamos	fuéramos	ido
	vais	fuisteis	ibais	iréis	iríais	vayáis	fuerais	
	van	fueron	iban	irán	irían	vayan	fueran	

	現在	簡單過去	過去未完成	未來	條件式	虛擬現在	虛擬過去未完	現在分詞
dar 給， 提供， 給予時間， 給予幸福、 痛苦， 做（動作）	doy	di	daba	daré	daría	dé	diera	dando
	das	diste	dabas	darás	darías	des	dieras	
	da	dio	daba	dará	daría	dé	diera	過去分詞
	damos	dimos	dábamos	daremos	daríamos	demos	diéramos	dado
	dais	disteis	dabais	daréis	daríais	deis	dierais	
	dan	dieron	daban	darán	darían	den	dieran	

	現在	簡單過去	過去未完成	未來	條件式	虛擬現在	虛擬過去未完	現在分詞
ver 看，會見	veo	vi	veía	veré	vería	vea	viera	viendo
	ves	viste	veías	verás	verías	veas	vieras	
	ve	vio	veía	verá	vería	vea	viera	過去分詞
	vemos	vimos	veíamos	veremos	veríamos	veamos	viéramos	visto
	veis	visteis	veíais	veréis	veríais	veáis	vierais	
	ven	vieron	veían	verán	verían	vean	vieran	

	現在	簡單過去	過去未完成	未來	條件式	虛擬現在	虛擬過去未完	現在分詞
saber 知道	sé	supe	sabía	sabré	sabría	sepa	supiera	sabiendo
	sabes	supiste	sabías	sabrás	sabrías	sepas	supieras	
	sabe	supo	sabía	sabrá	sabría	sepa	supiera	過去分詞
	sabemos	supimos	sabíamos	sabremos	sabríamos	sepamos	supiéramos	sabido
	sabéis	supisteis	sabíais	sabréis	sabríais	sepáis	supierais	
	saben	supieron	sabían	sabrán	sabrían	sepan	supieran	

	現在	簡單過去	過去未完成	未來	條件式	虛擬現在	虛擬過去未完	現在分詞
conocer 認識，了解， 熟悉 （熟悉地方、 認識人）	conozco	conocí	conocía	conoceré	conocería	conozca	conociera	conociendo
	conoces	conociste	conocías	conocerás	conocerías	conozcas	conocieras	
	conoce	conoció	conocía	conocerá	conocería	conozca	conociera	過去分詞
	conocemos	conocimos	conocíamos	conoceremos	conoceríamos	conozcamos	conociéramos	conocido
	conocéis	conocisteis	conocíais	conoceréis	conoceríais	conozcáis	conocierais	
	conocen	conocieron	conocían	conocerán	conocerían	conozcan	conocieran	

1) 注意拼字變化

buscar 找	**llegar** 抵達	**empezar** 開始
busqué	llegué	empecé
buscaste	llegaste	empezaste
buscó	llegó	empezó
buscamos	llegamos	empezamos
buscasteis	llegasteis	empezasteis
buscaron	llegaron	empezaron

*類似動詞：sacar, tocar, explicar, jugar, pagar, apagar

2) i → y（發生在前後都接母音時：母音 + i + 母音 → 母音 + y + 母音）

oir 聽	**construir** 建造，建設	**caer** 落下	**creer** 相信	**leer** 閱讀
oí	construí	caí	creí	leí
oíste	construiste	caíste	creíste	leíste
oyó	construyó	cayó	creyó	leyó
oímos	construimos	caímos	creímos	leímos
oísteis	construisteis	caísteis	creísteis	leísteis
oyeron	construyeron	cayeron	creyeron	leyeron

3) 第三人稱單、複數

① e → i

pedir 請求	**seguir** 跟隨，繼續	**sentir** 感覺	**servir** 服務
pedí	seguí	sentí	serví
pediste	seguiste	sentiste	serviste
pidió	siguió	sintió	sirvió
pedimos	seguimos	sentimos	servimos
pedisteis	seguisteis	sentisteis	servisteis
pidieron	siguieron	sintieron	sirvieron

repetir 重覆	mentir 説謊	divertir 使愉快
repetí	mentí	divertí
repetiste	mentiste	divertiste
repitió	mintió	divirtió
repetimos	mentimos	divertimos
repetisteis	mentisteis	divertisteis
repitieron	mintieron	divirtieron

② o → u

morir 死	dormir 睡，睡著
morí	dormí
moriste	dormiste
murió	durmió
morimos	dormimos
moristeis	dormisteis
murieron	durmieron

4) 字根不規則變化

estar 在…	haber 完成時助動詞	tener 擁有	andar 走	poder 能夠…
estuve	hube	tuve	anduve	pude
estuviste	hubiste	tuviste	anduviste	pudiste
estuvo	hubo	tuvo	anduvo	pudo
estuvimos	hubimos	tuvimos	anduvimos	pudimos
estuvisteis	hubisteis	tuvisteis	anduvisteis	pudisteis
estuvicron	hubicron	tuvicron	anduvicron	pudicron

poner 放置，使穿上	saber 知道	hacer 做，製作	venir 來	querer 想要
puse	supe	hice	vine	quise
pusiste	supiste	hiciste	viniste	quisiste
puso	supo	hizo	vino	quiso
pusimos	supimos	hicimos	vinimos	quisimos
pusisteis	supisteis	hicisteis	vinisteis	quisisteis
pusieron	supieron	hicieron	vinieron	quisieron

traer 帶來	decir 說，告訴	producir 生產	conducir 駕駛	traducir 翻譯
traje	dije	produje	conduje	traduje
trajiste	dijiste	produjiste	condujiste	tradujiste
trajo	dijo	produjo	condujo	tradujo
trajimos	dijimos	produjimos	condujimos	tradujimos
trajisteis	dijisteis	produjisteis	condujisteis	tradujisteis
trajeron	dijeron	produjeron	condujeron	tradujeron

5) 完全不規則變化

ser/ir 是／去	ver 看	dar 給
fui	vi	di
fuiste	viste	diste
fue	vio	dio
fuimos	vimos	dimos
fuisteis	visteis	disteis
fueron	vieron	dieron

1) 完全不規則變化

ser 是	ir 去	ver 看
era	iba	veía
eras	ibas	veías
era	iba	veía
éramos	íbamos	veíamos
erais	ibais	veíais
eran	iban	veían

1) e 脫落

haber + 過去分詞 = 完成時	poder 能夠…	saber 知道	querer 想要
habré	podré	sabré	querré
habrás	podrás	sabrás	querrás
habrá	podrá	sabrá	querrá
habremos	podremos	sabremos	querremos
habréis	podréis	sabréis	querréis
habrán	podrán	sabrán	querrán

2) d 插入

poner 放置，使穿上	salir 出去，離開	tener 擁有	venir 來
pondré	saldré	tendré	vendré
pondrás	saldrás	tendrás	vendrás
pondrá	saldrá	tendrá	vendrá
pondremos	saldremos	tendremos	vendremos
pondréis	saldréis	tendréis	vendréis
pondrán	saldrán	tendrán	vendrán

3) 音節脫落

hacer 做，製作	decir 説，告訴
haré	diré
harás	dirás
hará	dirá
haremos	diremos
haréis	diréis
harán	dirán

條件式

1) e 脫落

haber 完成時助動詞	poder 能夠…	saber 知道	querer 想要
habría	podría	sabría	querría
habrías	podrías	sabrías	querrías
habría	podría	sabría	querría
habríamos	podríamos	sabríamos	querríamos
habríais	podríais	sabríais	querríais
habrían	podrían	sabrían	querrían

2) d 插入

poner 放置，使穿上	venir 來	tener 擁有	salir 出去，離開
pondría	vendría	tendría	saldría
pondrías	vendrías	tendrías	saldrías
pondría	vendría	tendría	saldría
pondríamos	vendríamos	tendríamos	saldríamos
pondríais	vendríais	tendríais	saldríais
pondrían	vendrían	tendrían	saldrían

3) 音節脫落

hacer 做，製作	decir 說，告訴
haría	diría
harías	dirías
haría	diría
haríamos	diríamos
haríais	diríais
harían	dirían

07) 虛擬式現在時

1) 注意拼字變化

① 因為發音規則而必須改變拼字

explicar 說明	llegar 抵達	empezar 開始	coger 拿，抓，搭乘
explique	llegue	empiece	coja
expliques	llegues	empieces	cojas
explique	llegue	empiece	coja
expliquemos	lleguemos	empecemos	cojamos
expliquéis	lleguéis	empecéis	cojáis
expliquen	lleguen	empiecen	cojan

② e → i

pedir 請求，要求	seguir 跟隨，繼續
pida	siga
pidas	sigas
pida	siga
pidamos	sigamos
pidáis	sigáis
pidan	sigan

③ e → ie

cerrar 關閉	mentir 説謊
cierre	mienta
cierres	mientas
cierre	mienta
cerremos	mintamos
cerréis	mintáis
cierren	mientan

*類似動詞：perder, pensar, empezar, comenzar

④ o → ue

volver 回來	morir 死
vuelva	muera
vuelvas	mueras
vuelva	muera
volvamos	muramos
volváis	muráis
vuelvan	mueran

*類似動詞：contar, encontrar, poder, dormir

⑤ u → ue

jugar 玩，參加體育比賽
juegue
juegues
juegue
juguemos
juguéis
jueguen

2) 虛擬式現在時全部用 -ga

poner 放置，使穿上	salir 出去，離開	hacer 做，製作	traer 帶來
ponga	salga	haga	traiga
pongas	salgas	hagas	traigas
ponga	salga	haga	traiga
pongamos	salgamos	hagamos	traigamos
pongáis	salgáis	hagáis	traigáis
pongan	salgan	hagan	traigan

oir 聽	tener 擁有	venir 來	decir 説，告訴
oiga	tenga	venga	diga
oigas	tengas	vengas	digas
oiga	tenga	venga	diga
oigamos	tengamos	vengamos	digamos
oigáis	tengáis	vengáis	digáis
oigan	tengan	vengan	digan

3) 虛擬式現在時完全不規則

ser 是	estar 在…	haber 完成時助動詞	ir 去
sea	esté	haya	vaya
seas	estés	hayas	vayas
sea	esté	haya	vaya
seamos	estemos	hayamos	vayamos
seáis	estéis	hayáis	vayáis
sean	estén	hayan	vayan

ver 看	dar 給	saber 知道
vea	dé	sepa
veas	des	sepas
vea	dé	sepa
veamos	demos	sepamos
veáis	deis	sepáis
vean	den	sepan

abrir → abierto 打開	decir → dicho 説，告訴	freír → frito 油炸	cubrir → cubierto 遮，蓋
resolver → resuelto 解決		romper → roto 弄破，打破	morir → muerto 死
volver → vuelto 回來	hacer → hecho 做，製作	escribir → escrito 寫	poner → puesto 放置，使穿上
			ver → visto 看

ser → sé 是	decir → di 説，告訴	ir → ve 去	hacer → haz 做，製作
tener → ten 擁有	poner → pon 放置，使穿上	salir → sal 出去，離開	venir → ven 來

國家圖書館出版品預行編目（CIP）資料

我的第一本西班牙語文法 / Silvia 田著. -- 初版. -- 新北市：國際學村, 2018.06
　　面；　公分
　　ISBN 978-986-454-080-8(平裝附光碟片)
　　1.西班牙語 2.語法

804.76　　　　　　　　　　　　　　　　　107007975

🌐 國際學村

我的第一本西班牙語文法

作　　　者／Silvia田　　　　　編輯中心編輯長／伍峻宏
翻　　　譯／Tina　　　　　　　編輯／賴敬宗
　　　　　　　　　　　　　　　封面設計／呂佳芳・內頁排版／菩薩蠻數位文化有限公司
　　　　　　　　　　　　　　　製版、印刷・裝訂／皇甫・秉成

發　行　人／江媛珍
法 律 顧 問／第一國際法律事務所 余淑杏律師・北辰著作權事務所 蕭雄淋律師
出　　　版／台灣廣廈有聲圖書有限公司
　　　　　　　地址：新北市235中和區中山路二段359巷7號2樓
　　　　　　　電話：（886）2-2225-5777・傳真：（886）2-2225-8052

行企研發中心總監／陳冠蒨
整合行銷組／陳宜鈴
媒體公關組／徐毓庭
綜合業務組／何欣穎
　　　　　　　地址：新北市234永和區中和路345號18樓之2
　　　　　　　電話：（886）2-2922-8181・傳真：（886）2-2929-5132

代理印務・全球總經銷／知遠文化事業有限公司
　　　　　　　地址：新北市222深坑區北深路三段155巷25號5樓
　　　　　　　電話：（886）2-2664-8800・傳真：（886）2-2664-8801

郵 政 劃 撥／劃撥帳號：18836722
　　　　　　　劃撥戶名：知遠文化事業有限公司（※單次購書金額未達500元，請另付60元郵資。）

■ 出版日期：2022年12月7刷
ISBN：978-986-454-080-8